Bibliographische Information durch die Deutsche Nationalbibliothek:
Die Deutsche Nationalbibliothek verzeichnet diese Publikation in der
Deutschen Nationalbibliographie; detaillierte bibliographische Daten
sind im Internet über: http://dnb.-d-nb.de abrufbar.

Diese Geschichte beruht auf wahren Begebenheiten.
Die Namen der Personen und der Orte wurden geändert.
Evtl. entstandene Ähnlichkeiten sind rein zufällig und keines-
wegs beabsichtigt.

ISBN – 13: 978-3-8370-2688-7
© Copyright 2009 – 2.Version :
sämtliche Rechte bei der Autorin Alexa Rostoska
http://www.alexa-rostoska.com
Herstellung und Verlag: www.bod.de
Book on Demand GmbH, Norderstedt
Textüberarbeitung der 2.Version in Zusammenarbeit mit
Marc Schaumburg : schaumburg@magnus-entertainment.com
Umschlaggestaltung: Alexa Rostoska

Alexa Rostoska

Das dritte X

Das Schicksal
einer unerkannten Mörderin

Drehbuch
für einen Spiel - oder TV – Film

Alexa Rostoska - bisher erschienen:

Der werfe den ersten Stein
Die Lebensgeschichte eines Paters
Drehbuch für einen Spiel - oder TV-Film

***

Der Kuß der weißen Schlange
spirituell-philosophische Gespräche

***

Mir träumte . . .
Lyrische Petits Fours

***

Ach Du grüne Palme !
Satire – Komik und ganz normaler Wahnsinn
Erzählungen aus aller Welt: werden auch Sie Co-Autor für den nächsten Band !

Interessante LINKS:

Alexa Rostoska – die Website >>>   http://www.alexa-rostoska.com

Bücher von Alexa Rostoska >>>   www.amazon.de

Informationen über Alexa Rostoska >>>>   www.google.de

über 75 Rezensionen von Alexa Rostoska
über die Werke anderer Autoren   www.amazon.de

mal reinschauen: >>>>   www.dominican-invest.com

Mona Delacruz:
Auswandern in die Karibik – die dominikanische Nordküste
als ebook bei www.coin-sl.com

Treatment
Inhaltszusammenfassung der Szenen

1.

Zwei Bauernburschen bewachen den Maibaum in der Nacht im Wald am Dorfrand, um den beliebten Maibaumklau zu verhindern. Es kommt in einem kurzen unbewachten Moment zum Übergriff und infolgedessen zu einer wilden Prügelszene, die die zwei Burschen aber für sich entscheiden und die Angreifer in die Flucht schlagen können.

2.

Mutter Huber näht noch am Festkleid ihrer Tochter EM, während sie ihrer Tochter die kaum noch bekannte, aber wahre Geschichte ihres Vaters erzählt: dieser hat nämlich Schande über sich und das ganze Dorf gebracht vor langer Zeit, als er und sein Kumpel sich sturzbetrunken den Maibaum stehlen ließen. Die Mutter H. hat ihm das nie – auch über den Tod hinaus nicht – verziehen. EM s Bruder Wasti weiß davon nichts und soll das auch nie erfahren.

3.

Bayerisches Frühlingsfest – ländliche Gegend: EM tanzt und flirtet mit dem Bauernburschen Toni Berger, der sie schließlich verführt.

4.

Mutter Huber will, daß ihre Tochter EM „etwas Besseres" wird, redet ihr als„passenden" Mann den jungen Referendar (angehender Lehrer) Dr. Arno Burmeister ein, der bei ihr in Kost und Logis untergebracht ist und in der nahe gelegenen Schule unterrichtet

5.

EM macht ersten kleinen Flirtversuch mit Arno

6.

EM holt „rein zufällig" Arno mit dem Fahrrad von seiner Schule ab. Inszeniert auf dem gemeinsamen Heimweg unbemerkt ei-- -----nne, um Flirt und Liebeserklärung „an den Mann" bringen zu können.

7.

EM wird von Toni bei der Stallarbeit „zur Rede gestellt. er macht „ältere Rechte" an ihr geltend und vergewaltigt EM ziemlich brutal

8.

EM treibt daher die Beziehung zu Arno voran: Tee servieren etc. Mutter H. beobachtet das mit Wohlgefallen

9.

Toni steigt der EM beim Marktkauf nach, empfiehlt ihr aggressiv, ihre Kammer bei der Nacht nicht abzuschließen.

10.

EM läßt sich von der Mutter die Hausschlüssel geben, um die sonst immer unverschlossene Tür bei der Nacht gegen „Landstreicher" zu sichern.

11.

EM liegt voller Angst vor Toni nachts wach in ihrem Bett. Dann schleicht sie sich zu Arno in die Kammer, läßt sich „trösten" und schläft mit ihm.

12.

Mutter H. spricht EM auf ihren schlechten Gesundheitszustand an.

13.

Erste Untersuchung beim Landarzt

14.

EM fährt zu Tante Josepha und hilft dort beim Abkalben.

15.

EM wieder in der Arztpraxis: das Untersuchungsergebnis ist eindeutig: sie ist schwanger.

16.

EM wird nach dieser für sie bestürzenden Diagnose ins Wohnzimmer des Arztes zu dessen Frau Traudl gebracht, damit sie sich beruhigt.

17.

Heimfahrt mit ihrer Pferdekutsche, Ankunft zu Hause - schon etwas durchnäßt bei einsetzendem Unwetter.

18.

Arno auf dem Fahrrad mitten im schlimmsten Unwetter: er wird unter einem schweren umstürzenden Baum begraben und gefährlich verletzt. Ein mit dem Traktor heranfahrender Bauer findet und rettet ihn.

19.
Schlafzimmer der Eltern des Arno in deren Haus am Bodensee. Mutter ist sehr
krank, Telegramm kommt mit Unglücksnachricht : Arnos Unfall im Wald.
20.
EM besucht Arno im Krankenhaus
21.
EM wiederum im Wohnzimmer des Arztes: „gesteht", daß Arno der Vater ihres
Kindes sei. Der Arzt bezweifelt das insgeheim.
22.
EM putzt ihr Pferd im Stall, beobachtet, wie ihre Mutter den Hof verläßt und nutzt die
Gelegenheit, in deren Nachttisch in Mutters Adressenbuch zu stöbern: sie sucht
die Adresse der „Engelmacherin", da sie eine Abtreibung plant
23.
EM versucht nach der Maienandacht unauffällig bei ihren Freundinnen
herauszubekommen, ob Sophie Sedlmeir tatsächlich die gesuchte Engelmacherin ist.
Sie erfährt, daß diese schon alt ist und jetzt zurückgezogen auf ihrer Almhütte lebt.
24.
EM reitet auf die Alm, findet Sophie tot auf dem Sofa. Sie durchsucht die Stube
und findet ihr Tagebuch, Kräuterbücher, den Schlüssel zum Giftschrank.Sie nimmt
einige Sachen an sich, bevor der Pfarrer erscheint und nach Abtranport der Leiche
selbst anfängt, das Haus zu durchstöbern.
25.
EM liest das Tagebuch der Sophie und erfährt: sie hat mit dem Gift aus einer kleinen grünen
Flasche ihr schwerbehindertes Kind aus Mitleid umgebracht. Ferner liest sie, daß EMs
Vater ein Verhältnis mit der Sophie hatte und dieses behinderte Kind von ihm war.
EM ist im Besitz der besagten kleinen grünen Flasche.
26.
Der Notar ist am Telefon mit dem Pfarrer im Gespräch, der unbedingt Auskünfte über
das Testament der Sophie haben möchte. Der Notar erinnert an die Schweigepflicht
eines Notars und verabschiedet den Pfarrer mit einem strikten Nein.
27.
Beerdigung der „Engelmacherin" Sophie Sedlmeir
28.
Im Notariat: Testamentseröffnung der Sophie S. Die Kirche und der Pfarrer als bisher angenommene
Haupterben gehen überraschend leer aus. Das Vermögen geht an eine Freundin der Sophie, die ein
„Haus der Frauen in Not" in Amsterdam führt.
29.
EM spricht mit dem Pfarrer, der ihr helfen soll …
30.
… und dann am Krankenbett den Arno durch Übertölpelung des Kranken die
Nottrauung Arno – EM inszeniert
31.
EM erfaßt nach trostlosem Bericht des Arztes über den Gesundheitszustand ihres
Mannes Zukunftsangst. Sie beschließt ihren Mann „auszulöschen" wie ihr das
dämonische Zeichen in einer teuflischen Vision befiehlt: **das erste X.**
32.
Über die Fotos auf der Kommode der Mutter Huber erfahren wir von Arnos Tod:
sein Bild steht dort mit einem Trauerflor
33.
EM fährt als Witwe mit ihrem Baby zu ihrem Schwiegervater Dr. Ernst **B**urmeister
an den Bodensee (Zug - Taxi – Ankunft) Während der Fahrt steigt in EM visionär
die kurze Handlung ihrer Mordtat an Arno auf.
Wir erfahren vom Taxifahrer, daß Arnos Mutter ist inzwischen verstorben ist, wozu die
Nachricht vom Tod ihres Sohnes erheblich beigetragen hat.
34.
Baden im See – Terrassenfrühstück – Versuch des Philosophierens B – EM. Ein
eintreffender Brief ihrer Mutter bekräftigt EM in ihrem Entschluß, am Bodensee zu
bleiben.
35.
Großvater B. mit Enkelin Anette (inzw. 2 Jahre alt) unterwegs am Rhein:
Angsterlebnis, da das Kind um ein Haar ins Wasser gefallen wäre. Cafe –
Schokolade - Kuchen (Cafe Rheinfels in Stein am Rhein)

36.
EM in der Psychiatrie bei Dr. Keller: K. „kanalisiert" auf perfide Art und Weise EMs Aggression gegen die Männer, indem er sie sich als „Domina" für entsprechende „Kunden" zu Nutze macht.
37.
Toni – seine Mutter: Tonis Frau Christl hat ihn mit Kind verlassen. Der betrübten Großmama gesteht der Toni, daß der vermeintliche Enkel nicht von ihm stammt
38.
Rückblende zu der eben abgelegten „Beichte": Toni wird vorzeitig aus dem Krankenhaus entlassen.
39.
Toni kommt heim und ertappt seine Frau in flagranti mit seinem besten Freund Sebastian (Wastl). Groteske, teils ernste – teils witzige Schlägerei, dann Versöhnung und Aussprache unter beiden Männern im Wirtshaus mit dem gegenseitigen Versprechen des Stillschweigens – auch im Fall, daß eine ungwollte Schwangerschaft als Folge eintreten sollte
40.
Wieder zurück :Toni – seine Mutter. Tonis Schlußbemerkungen und Geständnis, daß EMs Tochter Anette von ihm ist.
41.
B bekommt Besuch in seinem Haus am Bodensee von einem befreundeten Ehepaar, das beabsichtigt, in der Nähe ein Grundstück zu kaufen und ein Haus für ihren Altersruhesitz zu bauen. B will ihnen ein Stück von seinem riesigen Besitz abgeben. Sie wollen das nach der Reise, wenn die Freunde aus dem gerade begonnenen Urlaub zurückkehren, im Detail besprechen und dann zum Notar gehen. EM sieht die Erbschaft ihrer Tochter beeinträchtigt und beschließt, ihn unschädlich zu machen. Erneut flammt die übermächtige dämonische Vision auf:

Das zweite X

42.
EM erzählt Dr. Keller erfundene Geschichten über ihren „aggressiven und gefährlichen" Schwiegervater und läßt sich Tabletten für ihn geben, die ihn „beruhigen" sollen.
43.
EM bringt B in den Tiefschlaf, inszeniert alle Anzeichen für eine stattgefundene Gewaltszene, ruft Dr. K. zu Hilfe, der den bewußtlosen B in die Klinik abtransportieren läßt.
44.
Telefonszene: Dr. K. spricht EM mit über die ernste Situation ihres Schwiegervaters
45.
Klinik: B kollabiert nach „Tobsuchtsszene", kommt auf die Intensivstation >>> Herztod.
46.
Beerdigung: EM dreht durch, als das befreundete Ehepaar auftaucht. Riesig groß erscheint vor ihren inneren Augen: **das dritte X** … sie ist es selbst. Sie gesteht stammelnd im Zusammenbruch ihre Schuld, aber keiner glaubt ihr. Man geht allgemein von einem Nervenzusammenbruch aus. Sie wird in die Anstalt gebracht und dort dann als unheilbar schizophren mit gemeingefährlichen psychotischen Schüben eingestuft
47.
Das Ende der Geschichte wird von Anette am Kamin des Ehepaars Jankowski erzählt.
Nach 4 Jahren hat sie sich bei ihnen gemeldet:
Toni Berger, der mit seinem plötzlich aufkeimenden „Pflichtbewußtsein als Vater" schließlich zu allem Überfluß die kleine Anette um Abitur, Erbschaft und Background gebracht hat. Sie hatte sich aber aus seinen Fängen befreit und war in die USA durchgebrannt. Vor einem Jahr starb ihre Mutter. Sie konnte wegen der Gefahr, von der Polizei aufgegriffen und wieder ihrem ungeliebten biologischen Vater überstellt zu werden, natürlich nicht riskieren, an der Beerdigung teilzunehmen. Als Volljährige ist sie nun kurz zurückgekommen, um alles zu regeln und einen Paß zu erhalten.
Jankowskis stoßem mit ihr auf ihr Wohl und ihr Glück mit Denis, ihrem Verlobten an.   **Ende**

DAS DREHBUCH

>>>>>>>>

Szene 1

EXT. Am Waldrand eines Dorfes

Toni und Wastl sitzen auf aufgeschichteten Baumstämmen. Beim näheren Hinsehen sieht man, daß vor ihnen der typische, fertig angemalte Maibaum aufgebockt ist, auf den sie besitzbetonend ihre Füße gestellt haben. Die beiden haben die Ehre und Pflicht der Maibaum - Bewachung, um das beliebte Ritual des Maibaum-Klau durch rivalisierende Nachbardörfer zu verhindern. Dies findet jeweils eine Nacht vor dem Fest in der Nacht am 30.April auf den 1. Mai statt.
Die Burschen unterhalten sich, aber die Gespräche dehnen sich und sie beginnen sich zu langweilen, auch wenn es manchmal im Wald Geräusche gibt, die sie aufhorchen lassen.

Wastl: I schau mal g´schwind zur Dorle nüber
daß die net ... woaßt scho...

Toni: geh zua... wenn´s dreist so wär´ ...
woas konnst scho doa?

Wastl: I bin glei z´ruck ... versprochen

Toni hält die Stellung und murmelt

Toni: so an Depp ... so an eiferneidischer...

Etwas später spürt Toni ein Drücken im Bauch und krümmt sich ein bißchen

a des no .... Sch...

*Er steht auf und hält sich unmißverständlich den Bauch, geht seitwärts in die Büsche, hat gerade die Hose unten und sich hingehockt, als er sieht, daß sich 2 Gestalten am Maibaum zu schaffen machen. Toni zieht die Hose schnell hoch und stürzt sich mit einem Schrei auf die 2 Männer. Es gibt ein wildes Gerangel. Wastl kommt gottseidank noch rechtzeitig zu Hilfe. Es fliegen typische bayerische Schimpfworte wie **Dreeeeckskerl** und **Dreeeecksau, du dreckerte ...** durch die Luft: sie verprügeln die Maibaumdiebe ordentlich und schlagen sie in die Flucht. Man hört das Anlassen und Wegfahren eines Traktors.*

Toni: die müssen den Traktor scho tagüber
da versteckt haben ...

Mei ... des wär was g´wesen... mir zwoa hätten
verschissen ... bis in die Steinzeit und z´ruck,
wenn ma den Maibaum net hätten retten können ...

Wastl: des kannst glaub´n ... mei ... oh .... mei ... koaner
hätt uns mehr oschaut nachher ... gewiß net...
bei so fui Schand fürs Dorf....

Du Toni... hier irgendwo hoab i das Sackerl mit der
Brotzeit fallen lassen, wo mir die Dorle mit´geb´n hat

Läuft suchend herum mit der Taschenlampe

Ah, hier isses ja

Beide fangen an zu essen und zu trinken

9

Toni:	Du... Wasti... mer verzähl´n fei ´ne and´re Geschicht ... Wasti ...mer verzähl´n, daß mer mit Fleiß a bisserl bei Seit´n ganga san ... weil mer seh´n wollten .... Ob da fei wer lauert ... woaßt
Wastl:	des is a guate Idee ... ja ... des mach mer ... nachher san mer die Helden... ... freilich ... uns den Maibaum klauen ... ha ...ha ... wo san mer denn ...
Toni:	der Loisl kriegt sicher an Veilchen von moaner Rechten ... ... der wird bös ausschaun morgen ...
Wastl:	... und der Berti ... der wird a goanz schee deppert drein schaun wenn er da woas erklären muß mit seiner zerrissenen Hosen
	ha---ha----haa

Beide lachen und schlagen sich auf die Schenkel

Szene 2

INT. Bäuerliche Wohnküche

Mutter Huber näht an einem Kleid für ihre Tochter EM. Von draußen hört man durch die offenen Fenster mehrmals **hau – ruck** *und dann* **Klatschen, Bravorufe und ein Tusch von einer Blasmusik-Kapelle.** *Mutter Huber schaut kurz aus dem Fenster. Eine Spitze vom Maibaum kann man von hier aus sehen. EM kommt in die Stube und lacht zufrieden*

EM:	so... Mama... aufgestellt issa schon a mal der Maibaum ... und wenn´s Wetter so bleibt auf Nacht...
Mutter Huber:	i bin glei fertig mit dein´m Kleidel... an Knöpferl no ... darfst glei probieren.
EM:	Du, Mama ... der Loisl und der Berti... die hoam do tatsächlich den Maibaum stehl´n wollen ... letzte Nacht
M.H.:	... und?
EM:	... hoabens Echo net vertrag´n
M.H.:	... und nachher?
EM:	hams fest Hiebe einstecka müssn vom Wasti und vom Toni
M.H.:	des wär a Schand g´wes´n ... Jesus... Maria !

EM.:	unser Wasti hätt uns nimmer in die Augen nei schauen mögen
M.H.:	mein Wasti … mei Bua… i sags ja immer
EM:	ja nu … mei Bruder… aber ohne denToni wärs net guat ausganga … der hat dem Loisl a saubere Watsch´n verpaßt … I glaub net, daß der sich auf dem Fest blicken läßt auf Nacht … wie der oschaut ..
M.H.:	Du .. Eva… i verzähls ungern… und behalts für di … ja?
EM:	was denn, Mama?
MH.:	dei Vatter … und des is lang her … und des weiß nur no die oide Anna … die senile … die Großmutter vom Bräu … woaßt … niemand sonst … ………………………is ja schon lang her ..
EM:	kimm , Mama… jetzt aber …
MH.:	dei Vatter … dem hoabens a mal den Maibaum stohlen … so a Schand… mei… I hoab ihm des nia verzieh´n, nia…über´n Tod hinaus net… nia… muß der Depp… der Depperte… der Saufkopp … der Saubleede … sich grad bei der Wach´n vollafa lassa und einschlafa … unter den Füßen hoabens ihm den Baum wegzogen …
EM:	Hoabens ihn fest schloagen?
MH:	a was denn …fest g´schlaf´n hat der … sturzbesuff´n wia der war …
EM:	und der Zwoate? … san doch alleweil zwoa Mannsbilder?
MH.:	Mannsbilder … ha…. Rindsviecher … alle Zwoa … Rindsviecher warens … abgefüllt bis Unterkanten von de Oberlippen
EM:	Cruxifix … Cruxifix noch amal … was für a Schand… i möchts gar net glaub´n … woas des der Wasti?
MH.:	Na… woas er net… muß er a net wissen… gewiß net… des sei Vatter …
EM:	na … dann hats heut scho was Besonderes … daß er alles hat wieder guat machen können … der Wasti …

MH.:	Euer Vatter – Gott hab ihn selig - hat nix taugt … gor nix hat der taugt … der Saufkopp, der depperte … der … ja … aber mei Wasti … ach, mei Wasti…
	…. geh her … probiern mers Kleidel an …

EM zieht sich aus und das neue Kleid an

EM:	Autsch, Mama… hast a Nadel vergess´n ..

MH kommt und zieht die Nadel raus und läuft bewundernd um EM herum

MH:	so… mehr solltens net sein … schee … das Kleidel
	… aber… na… …. das Decollete … hm … das is nix… …… wart… i hoab da was …

Geht an die Wäschetruhe, tut nacheinander verschiedene Wäschestücke und schließlich ein Mieder heraus

Wo des nu wieda is ….

ah… hier… schau mal …
Des müßt passen …
als i domals so alt war wia du … hatts paßt …

EM zieht das Kleid wieder aus und das Mieder an, Mutter schnürt hinten ein bißchen und packt 2 kleine Pölsterchen in den BH (Push up würde man heute sagen), dann das Kleid wieder drüber. EM guckt in den Spiegel

MH.:	na also … das schaut glei fui besser aus … oder? Das macht scho mehr her … gelt ?
	Schee schaust aus … richtig scheee

SZENE 3

EXT.Frühlingsfest im Dorf um den Maibaum

Buden, Jahrmarktstimmung, Blaskapellenmusik, buntes Leben und Treiben wie eine Kleinstausgabe des Münchner Oktoberfestes. Die Kamera zeigt auch immer wieder andere Festteilnehmer:
z.B. Mutter Huber, Arno (der junge Doktor, wie man ihn immer nennt) beim Steckerlfischessen, wie er mit Kindern aus seiner Schule spricht etc… Wastl, Tante Josepha und andere später vorkommenden Personen, die man dann später wiedererkennen kann.
EM tanzt mit Toni, der kräftige Männlichkeit hervorkehrt und ihr zu imponieren sucht, was ihm offensichtlich auch gelingt. Er tanzt zackig mit ihr, macht auf temperamentvoll und rassig, flirtet dabei gleichzeitig nach allen Seiten, wenn EM es gerade nicht merkt.

Ab und an fliegen ein paar Glückwunsch-Worte herüber: **Habt ihr sauber hinkriegt, daß denen das Moi trocken blieben is...die Watschen.... die haben´s verdient die Sauhunde ... die** und anerkennende Blicke und Schultgerklopfen im Vorbeigehen: er hat ja den Maibaum gerettet. Er sonnt sich darin, der Held des Tages zu sein. Wasti kommt dann auch und spaziert herum, um sich beglückwünschen zu lassen

Dieser Tanz geht zu Ende, Beifall für die Kapelle. Toni legt die
Hand um EMs Schulter, geht mit ihr zu einer Schießbude.
Schießt ihr eine rote Rose, gibt einen Kuß auf die Rosenblüte
und steckt sie ihr in den Ausschnitt. Gehen weiter. Toni kauft
eine Maß Bier. Animiert sie zu „ordentlichem" Schluck, trinkt selbst den
Rest in einem Zug. Gehen weiter. Am Schnapsstand bestellt er zwei
Stamperl. Sie hebt abwehrend die Hände, er aber überredet sie schließlich
doch zu trinken. EM trinkt, verzieht das Gesicht – Toni lacht schallend und
läßt seine makellosen weißen Zähne blitzen.
            Inzwischen sollten die Zuschauer alle in ihn verliebt sein
und ihn ganz toll finden .
Dann fährt er mit ihr Karussell, was er ausnutzen kann, sie festzuhalten,
 leidenschaftlich zu küssen und etwas dreister intim zu berühren.
Sie läßt erkennen, daß ihr das nicht unangenehm ist.
Beide steigen aus der Gondel.
Toni faßt sie fest um die Taille, geht mit ihr flirtend spazieren,
beschäftigt sie gekonnt, so daß sie gar nicht merkt,
daß sie langsam immer weiter aus dem Festgeschehen
hinausspazieren, wo man unbeobachtet intim werden kann.

Sie gehen in ein Wald-Wiesenstück, immer noch flirtend.
Toni hält an,lachen und scherzen, beide fangen an, nach der von Ferne herüberklingenden
Musik zu schwingen und ein bißchen zu tanzen.
Die Musik wird für sie subjektiv intensiver, sie tanzen flotter,
der Tanz endet mit einem Trommelwirbel.
Toni wirbelt EM herum und läßt sich mit ihr auf den Grasboden gleiten.

Schmusen: hinter dem Schleier des Festes (darüber geblendet):
Mal wird das Fest deutlicher sichtbar – mal die Liebenden.
Leidenschaftlicher werdende Liebesszene, dann dreht sich alles (im Bild
das Karussell über die Liebenden geblendet), dann liegen sie in fester
Umarmung: Liebesakt (einfühlsame, nicht zu direkte Kamera), während
darüber geblendet bunte Luftballon aufsteigen: in die Sterne , in den Mond.
Die Luftballons zeigen die jugendliche Unbekümmertheit der Beziehung, in
der jeder der beiden aus dem Augenblick heraus nur sich selbst in einem
Schwebezustand erlebt. Der Partner – als eine auswechselbare
gegengeschlechtliche Figur – ist Erfüllungsgehilfe für das Gefühl des
Abhebens.

Krasser Übergang zur nüchternen Folgeszene.

Szene 4

INT. Bäuerliche Wohnküche auf dem Bauernhof der Familie Huber

Mutter Huber:	**Willst du´s genauso haben?**
	Läßt dir vielleicht no a Kind anhängen …
	heiratest dann so an Taugenichts,
	der dich alle Arbeit machen läßt…
	währenddem der sich tot säuft wie dei
	Vatter …
	Geld hat der o koans…
	könntest wirklich was Besseres an Land ziehen.

Mutter beim Kochen, EM beim Geschirrspülen. Mutter schaut EM öfter an, aber EM sagt nichts.

Mutter Huber:	**… den jungen Doktor zum Beispiel… das wär ein feiner Mensch.**
	Der springt net gleich mit jeder umanand.
	Bei so am Mann… da giltst noch was als Frau…

Kocht , rührt im Topf, gibt Gewürze dazu. Schranktüren werden auf und zugemacht

> **Dann wärst ne Frau Doktor…**
> **die Leut´ grüßen dich …**
>
> **ziehst später in die Stadt…**

geht zum Fenster, öffnet es und schaut auf dem Hof umher

> **Hast hübsche Kleider, machst ka Drecksarbeit**

murmelt leiser dazwischen…

> **taugst eh net zum Anpacken …**
> **bist einfach ka Bäuerin net**

EM verzieht das Gesicht, Mutter wieder lauter:

Mutter Huber:	**Empfängst die Damen der Gesellschaft zum Tee …**
	wirst ausgeführt in die Oper, ins Theater…
	der is ka Draufgänger net,
	müßtest dem halt scho a bisserl schön tun…
EM:	**aber Mutter…**
Mutter H.:	**nichts… aber, … was kannst denn sonst scho…**
	von so schönen Händen, wie der hat,
	da tät i mi a gern anfassa lassa …
	…..ganz gewiß…..

EM sortiert Geschirr in den Schrank

EM:	aber Mutter, ... i woas gar net waste gegen den Toni hast..
	der is doch a gestand´nes Mannsbild ...
	kräftig gebaut ... der zupacken kann...
	wie du immer sagst...
	....und guat schaut der doch aus ... oder? ...
	und außerdem... Mutter...
	der junge Doktor, der Burmeister Arno ...
	der ist doch fui zu g´bildet.
	I woaß gar net, was i mit dem reden sollt...
Mutter H.:	bist doch sonst net auf de Goschen fall´n...
	sollst i h n ja reden lassen...
	von seiner Schul zum Beispiel...
	wenn da was fragst, erzählt der schon
	... dann bewunderst ihn....
	Männer werden ja gern bewundert –
	da san´s alle gleich...
	...außerdem ...
	Mädel, wie du ausschaust,
	wenn du das net hinbringst ...
	... gehörst geschlagen...

Szene 5

**INT. Mansardenzimmer des Dr.Arno Burmeister
auf dem Huberschen Anwesen**

*Arno sitzt tief versunken über seinen Büchern am Tisch vor dem Fenster.
Es klopft. Er fährt aus seiner Versunkenheit hoch*

Arno:	Herein!

*Erstaunt, EM tritt ein in hübschem, großzügig dekolletiertem Dirndl mit
Tablett*

Arno:	Fräulein Eva-Maria ... ?!
EM:	Ich bring einen Tee, Herr Doktor, und a Stückerl Kuchen ...
	darf ich´s daher stellen?
	kokett...
	Selbst gebacken .... hoffentlich schmeckt er Ihnen

*kokettiert bei Hinstellen mit ihrem Dekollete. Arnos Blick schweift
gedankenverloren und unbewußt darüber hin und dann auf das Tablett*

Arno:	sieht ja sehr appetitlich aus... womit hab ich denn das...
EM	... mei, Sie sind immer so fleißig, Herr Doktor,
	da brauchen´s schon mal eine kleine Stärkung ...
	....hat die Mutter gemeint...
Arno:	... so ... die Mutter Huber... dann laß ich schön danken,
	Fräulein Eva...

sieht ihr versonnen nach, während sie wieder das Zimmer verläßt

15

Szene 6

EXT. Vor einer Landschule, dann Wald- und Feldwege

EM nähert sich mit dem Fahrrad und versteckt sich ein wenig hinter den Büschen, daß keiner sieht, daß sie Arno absichtlich abpassen will.
> *Schulklingel ertönt, daraufhin strömen die ersten Kinder in Gruppen ausgelassen aus dem Gebäude über den Hof und durch das große Gittertor hinaus auf die Straße.*
Nach einer Weile kommt Arno mit einer Kollegin zusammen aus dem Gebäude.
EM beobachtet scharf und sichtbar eifersüchtig , ob diese Lehrerin eine Konkurrenz für sie sein könnte.
Beide gehen durch das Tor und verabschieden sich dann sehr höflich und förmlich von einander.
Arno geht zum Fahrradständer, kommt dann mit dem Fahrrad auf die Straße.
EM radelt „zufällig" im passenden Augenblick heran

EM:	**Ah, Herr Doktor ... die Schule aus für heut´ ?**
Arno:	*erstaunt* **Fräulein Eva-Maria ... was führt Sie denn hierher?**
EM:	**ach... so ein paar Erledigungen, die mir die Mutter angeschafft hat. .. Ich fahr´ jetzt heim... fahr´n ma miteinand ?**
Arno:	**ja . . . gern .. . natürlich**
EM:	**na, dann ... auf geht's... kriagns mi, Herr Doktor**
	Sie fährt flink voraus mit dem Rad und er folgt ihr. *Sie fahren gemeinsam aus dem Dorf ... Feldwege*
Arno:	**. . . herrlich, dieses Wetter ! Schon fast wie mitten im Sommer**
EM:	**die Kinder freuen sich sicher auch, daß sie jetzt öfters ´naus dürfen?**

Während Arno in die Landschaft schaut, hat sie angehalten und sticht, ohne daß er es bemerkt, einen Nagel in den Reifen. Er bleibt ein paar Schritte voraus stehen und schaut sich nach ihr um.

EM:	**Ich muß ein Steinderl im Schuh ham ...**
	zieht Schuh aus, schüttelt ihn aus, setzt sich wieder auf das Rad, nach ein paar Metern >>>Platten
EM:	**Jetzt hab i a no ´nen Platten . . .**
Arno:	*kommt und sieht sich den Schaden an…..* **Da kann man nichts machen, fürcht ich.** **Wir müssen den Rest der Strecke wohl schieben.**
EM:	**... hm... tut mir leid .. ..**
Arno:	**da können Sie ja nichts dafür ...**
	Kommen an eine Sitzbank

16

EM:	**Ich hab ´ne Idee … Wir schließen mit der Kette beide Räder an die Bank. …** **auf Nacht bringt´s schon wer von uns …** **mit im Wagen …**
Arno:	**… wenn Sie meinen …** **vielleicht ganz gut…** **wir gehen jedenfalls unbeschwerter**
	(Sie ketten gemeinsam die Räder an die Bank)
EM:	**aber ´nen Momenterl Zeit zum Ausruhen hamma schon, gelt?**
	Setzt sich auf die Bank. Arno setzt sich dazu. Romantischer Blick – blühende Bäume, Arno schnauft tief durch
Arno:	**hier kann man vergessen, daß es mancherorts soviel Elend gibt auf der Welt, Krieg und …**
EM:	**… ob das wirklich so schlimm ist, wie man´s alleweil erzählt ?**
Arno:	**Krieg ist immer schlimm, Fräulein Eva-Maria, immer…**
EM:	**Fürchten Sie sich vor dem Krieg, Herr Doktor?**
Arno:	**Ja! Er ist wie ein riesiges Schwert, das heruntersaust, das alle Träume auslöscht, Hoffnungen zerschlägt, in Stücke haut …**
EM:	**Hoffnungen … die braucht der Mensch…** **aber Träume…** **zu viele Träume sind nicht gut, sagt die Mutter immer.** **Die gehen doch nie in Erfüllung.**
Arno:	**Nein ?**
EM:	**… und dann ist man enttäuscht ….**
Arno:	**Wovon träumen Sie denn, Fräulein Eva-Maria?**
EM:	**Wovon man halt so träumt als Frau …**
Arno:	**… und das wäre?**
EM:	**Von einem guten und netten Mann z.B., der mich lieb hat, Familie …Kinder ..** **und was man halt so braucht ,** **um ein bisserl glücklich zu sein.** **…. aber am Ende geht alles anders…** **Da war der dann nur am Anfang nett und ordentlich.** **Später … da … öfter wenigstens …** **…. da entpuppt der sich dann als Säufer und …** **- was weiß ich – sonst noch alles…**
Arno:	**Aber Sie zeichnen ja die Mannsbilder als wahre Scheusale …**

EM:	**Na ja, alle sind ja bestimmt net so,** **aber den, den man mag,** **kriegt man ja sowieso net …**
Arno:	**Sind Sie heimlich verliebt, Fräulein Eva-Maria?** **… und er weiß wahrscheinlich** **gar nichts von seinem Glück?**
EM:	**…hm…** *sieht ihn schmeichelnd und kokett an*
Arno:	**vielleicht müssen Sie ihm einen kleinen Wink…**

EM lieblich, zärtlich und etwas schamhaft, dabei in den Augen schon erkennbar ein bißchen „ausgebufft")

EM:	**ich versuch´s ja gerade …**

Ergreift seine Hand, legt sie an ihre Wange, schaut ihm tief in die Augen. Arno entzieht die Hand langsam, zögert, streicht ihr über das Haar, über die Wange, nimmt dann ihr Gesicht in beide Hände, zärtlich, dann langer Kuß, währenddessen näher rücken, EM ist schließlich geschickt auf seinem Schoß gelandet.

Arno:	*versonnen ….***Eva…**

EM lehnt dann etwas schamhaft an seiner Schulter. Arno murmelt mehrfach vor sich hin:

… das hab´ ich ja gar nicht gewußt…
das wußte ich ja gar nicht…

Verwirrt, verträumt… EM flieht aus der beginnenden Verlegenheit

EM:	**Es ist höchste Zeit… was soll die Mutter** **…die darf doch da gar nichts merken..**
Arno:	**Wäre das so schlimm?**
EM:	**Mütter glauben immer gleich … und fragen dann… und…**

Gehen Hand in Hand schweigend, schauen sich abwechselnd verlegen und dann auch wieder verliebt an. Laufen bis in Sichtweite des Huberschen Anwesens.Arno ist anzumerken, daß er nicht eben viel Erfahrung mit Frauen besitzt und das, was hier jetzt stattfindet, nicht durchschaut

Szene 7

INT. Innen im Stall im Huberschen Anwesen

EM ist mit der Stallarbeit beschäftigt. Toni kommt dazu, sagt hämisch

Toni:	**So.. die Eva-Maria... mit dem Doktor geht´s jetzt spazieren ...**
EM:	**na, und? Ist das verboten?**
Toni:	**unsereins ist wohl nimmer guat genug, ha?**
EM:	**red net solch an Schmarrn**

(wendet sich ab und ihrer Arbeit zu)

Toni reißt sie am Arm herum

Toni:	**... ich werd dir gleich was von wegen Schmarrn ... hab wohl die älteren Rechte, oder?**
EM:	**Seit wann denn? Sind wir vielleicht verlobt oder verheiratet?**

Toni zieht EM gewaltsam in eine halbdunkle Stallecke ins Stroh greift ihr an die Bluse, EM hält abwehrend die Arme um sich

Toni:	**Wie du willst... du knöpfst die Bluse allein auf, sonst reiß ich sie dir in Fetzen. Kannst schauen, was du deiner Mutter erzählst ...**

Toni steht drohend vor ihr, so daß sie nicht entweichen kann. EM wehrt sich heftig und hält die Arme gegen ihn erhoben

Bist doch sonst net so zimperlich, oder?

reißt gemein grinsend ihre Bluse über der Schulter auf

**... und jetzt bist brav – schööön brav...
und machst alles, woas i will ...**

**sonst erzähl ich im Dorf herum, was für a Huren du bist.
Dann bist fertig ... brauchst di da nimmer blicka lassa**

Toni fällt über EM her. Ziemlich brutale Vergewaltigungsszene : teils sehr direkte, teils nur andeutende Kamera....Dann plötzlich Geräusche... Toni springt auf, ordnet Hemd und Hose, klopft sich das Stroh ab und schleicht hinaus ins Dunkel. EM bleibt schluchzend liegen, rafft sich auf, versteckt sich dann tiefer ins Heu, leise schluchzend, tränenüberströmtes Gesicht – bis die Geräusche verstummen und die Gefahr, entdeckt zu werden, vorüber zu sein scheint

Szene 8

INT.Hubersches Bauernhaus innen
Treppe nach oben

EM in der Küche: richtet Tablett mit Tee und Gebäck her,
fährt sich ordnend über die Haare, zupft am Kleid,
entdeckt einen Fleck auf der Schürze,
bindet sie ab und wirft sie über einen Stuhl.
Geht an eine Wäschetruhe und holt frische Schürze heraus,
betrachtet sie prüfend und bindet sie um.
　　　　　Nimmt das Tablett und geht in den Flur zur Treppe nach
oben. Mutter beobachtet sie, ohne von ihr bemerkt zu werden, geht dann
in die Küche.
Lauscht halb zur Küche halb zum Flur hin den Schritten nach oben, schaut
auf die Wanduhr.
Macht sich in der Küche zu schaffen, als sie EM die
Treppe herunterkommen hört, schaut nochmals auf die Uhr – weniger als

10 Minuten später – wiegt enttäuscht den Kopf und stellt fest, daß das wohl
zu kurz war für ein Schäferstündchen.

Szene 9

EXT. Bäuerlicher Wochenmarkt

EM kommt mit kleinem Pferdefuhrwerk, das sie seitwärts in der Nähe des Wochenmarkt-Treibens abstellt.
Geht mit 2 großen Körben über den Armen auf den Markt.
Gespräche am Fischstand und anderen, zahlen, einpacken der Waren, Grüße an die Mutter.
EM ist nach einer Weile fertig und will zu ihrem Fuhrwerk.

Toni schleicht sich von hinten heran, greift sie plötzlich bei den Schultern , daß sie erschreckt herumfährt,
flüstert ihr etwas ins Ohr und zieht sie besitzergreifend an sich:

Toni:	**. . .mit einem guten Gewissen müßtest du net erschrecken, Eva-Maria...** **Schließ ja auf de Nacht deine Kammer net ab...** **ich rat dir guat...**
	i krieg di allemal, wann i will,
	lacht gehässig und überlegen
	..... das weißt schon längst, oder ?

Lockert seinen festen Griff, so daß sich EM befreien und weglaufen kann.
EM lädt die Körbe hastig in den Wagen und fährt mit Peitschenknall ruckartig davon

Szene 10

EXT. Im Hof des Huberschen Anwesens

.
Idyllischer Hof.. Hühner laufen frei herum,
Misthaufen seitwärts, aber ordentlich aufgeschichtet, sonstige Tiere,
Blumen, einfach, aber familiär anheimelnd.
Mutter kehrt um die Haustür herum den Hof.
EM kommt seitlich aus dem Stallgebäude mit Eimer oder ähnlichem Zubehör.
Kopftuch, arbeitsmäßig angezogen etc. zur Mutter.

EM:	**Wo ist denn der Schlüssel von der Haustüre, Mutter?**
Mutter H.:	**wie immer in meinem Nachtkastl ... Wieso?**
EM:	**ich möcht die Türe bei der Nacht absperren, Mutter**
Mutter:	**warum das auf a mal?**
EM:	**man verzählt sich im Dorf von Landstreichern,** **die öfters bei der Nacht herumzigeunern**
Mutter:	**So? Davon waren wir bisher immer verschont.** **Aber die Zeiten werden wohl überall schlechter wie ... was?** **... ich bring ihn nachher mit runter.**

Szene 11

INT. EMs Schlafkammer -   Zimmer von Arno

EM liegt wach im Bett.
Sie springt auf, kontrolliert Fenster, ob auch wirklich alles zu.
Zieht den Vorhang zu, legt sich wieder hin. Arme hinter dem Kopf
verschränkt, starrt Zimmerdecke an, atmet heftig.
Springt nochmals auf, guckt ob Tür auch verschlossen, Schlüssel von innen steckt.
Legt sich wieder hin, lauscht ängstlich auf Geräusche.
Der Hofhund schlägt kurz an, ist aber gleich alles wieder ruhig.
Die Kirchturmuhr schlägt 11.
Nach einer Weile steht sie auf, schleicht barfuß aus dem Zimmer, schließt
die Kammer von außen ab, schleicht den Gang entlang zu Arnos Zimmer.
Lauscht an der Tür, sieht feinen Lichtstrahl, klopft an.
              Sie sieht aus wie die süße Unschuld im Nachthemdchen mit offenen
Haaren.
Arno sitzt im Bademantel am Tisch am Fenster, schummriges Licht von der
kleinen Arbeitslampe auf dem Schreibtisch , dreht sich mit ungläubigem
Gesichtsausdruck zur Tür , als er es klopfen hört

Arno: **Ja...?**

EM kommt herein, nachdem zuerst schüchtern den Kopf durch die Tür
gesteckt hat.

Arno: *erstaunt, steht auf , geht auf sie zu*   **... Du...?**

EM: **... verzeih, daß ich so mitten in der Nacht ... ich ...** *stammelt*

Arno: *kommt ihr lieb entgegen*   **kannst nicht schlafen ?**

                  nimmt sie zärtlich in den Arm

EM: **Ich hab solche Angst ...** *drückt sich an ihn*
                  ... ach ...

                  tief ausatmend

Arno: **Böse Träume?**

                  EM schüttelt den Kopf

                  Sehnsucht nach mir?

EM versteckt den Kopf an seiner Schulter, antwortet aber nicht.
Er umarmt sie lange, streicht ihr über das Haar, nimmt sie bei der Hand und führt sie
zum Bett. Sie setzt sich erst schüchtern auf die Bettkante. Er klopft ihr das
Kissen zurecht, bettet ihren Kopf, greift sie bei den Unterschenkeln, die er
auf das Bett bettet. Setzt sich zu ihr auf die Bettkante. Schaut sie
schweigend an. EM abwechselnd mit aufforderndem Blick, dann wieder
schamhafte gesenkte Lider (" kleines Luder" sollte dem Betrachter dazu
einfallen) Arno steht dann auf, macht die Schreibtischlampe aus, zieht den
Bademantel aus, legt sich zu ihr ins Bett unter die Decke. Kuscheln,
küssen, zarte Liebesszene.

Szene 12

INT. Bäuerliche Wohnküche im Huberschen Anwesen
*Titelcard:***Wochen später.**
Mutter und EM auf der Ofenbank beim Strümpfe –Stopfen und Wäscheflicken

Mutter H.:	**In letzter Zeit gefällst mir net arg, Eva-Maria**
EM:	**Warum?**
Mutter:	**weil´d so wenig gut beinand bist.**
	betrachtet sie prüfend von der Seite
EM:	**weiß a net … manchmal is der Magen a bisserl ungut.**
Mutter:	**So? Der Magen?**
	Gehst halt mal zum Doktor … **Blutsenkung machen oder so was …** **… Urin untersuchen lassen.**
	Der kennt di ja schon von Geburt an … **… der wird schon was wissen für dich**
EM:	**wann i nächste Woch auf n Markt fahr**

Szene 13

INT. Sprechzimmer des Landarztes Dr. Niedermeir

Älterer sympathischer Landarzt , väterliche Ausstrahlung, Praxis entsprechend
liebenswert altmodisch – ländlich
EM hinter dem Paravent, zieht sich gerade wieder an. Arzt spricht vom
Schreibtisch aus mit ihr.

Doktor:	**schaust dann nach 2 … 3 Stunden wieder herein,** **Eva-Maria?**
EM:	**Hab eh no woas zum doan … woas mir die** **die Mutter og´schafft hat.**

ist fertig mit dem Anziehen, kommt hinter dem Paravent hervor

        (cont´d)
        Bis später dann und … dankschön derweil Herr Doktor.

Szene 14

EXT.Kutschbockfahrt zum Gehöft der Tante Josepha.
später
INT.Bauern-Küche, später Stall

EM setzt sich auf den Kutsch-Bock, fährt durch allerlei Felder und Waldstück zu dem abgelegenen Gehöft der Tante Josepha. Geht in die Bauernküche. Tante Josepha ist gerade damit beschäftigt, einen großen Kessel mit heißem Wasser auf dem Feuerherd vorzubereiten.

EM:	**Grüaß di , Tante Josepha. Einen schönen Gruß von der Mutter soll ich …**
Josepha:	**Ja … die Eva! Kommst grad recht …** **die Liesl ist am Kalben …** **und die Franziska hat den Arm in Gips.** **Der Doktor ist schon im Stadel.**
EM: *leise zu sich*	**… auch das noch !** *klappert am Herd*
Josepha:	**… Woas hast g´sagt?**
EM:	**Ja, wann i was helfen kann …**
Josepha:	**sicherlich, geh nur scho nüber …**

EM geht in den Stall. Stallszene beim Abkalben der Kuh. Tierarzt hört die Kuh gerade ab, hat die Ärmel aufgekrempelt. EM kommt.

Tierarzt:	**Ah… Eva-Maria … das paßt fei guat …** **… geh und hol a mal 2-3 Ballen Stroh. …** **Kommt die Tante mit dem heißen Wasser?** **Es geht gleich los…**

EM entwickelt kompensierende Geschäftigkeit, schüttelt Stroh um die Kuh herum auf. Tante kommt mit dem heißen Wasserkessel. Geburtsszene der Kuh. EM am Kopf der Kuh. Kamera auf die Augen der Kuh - angstgeweitete Augen der EM, während am anderen Ende das Kalb herausgezogen wird. EM bleich. Tante mustert sie mit wenig verständnisvollem Gesichtsausdruck mehrfach von der Seite. Beendigung des Vorgangs. EM fängt sich wieder und reibt das Kalb mit Stroh ab.
Anschließend kurzes Kaffeetrinken in der Küche nach dem Ereignis. EM übergibt mitgegebene Päckchen und Tüten von ihrer Mutter. EM verabschiedet sich bald. Tante bringt sie zum Kutschbock. EM fährt ab und winkt.

Josepha	**Laß dich baldmal wieder sehen …** **…und sag dem Wastl, daß der** **Schorschi am Samstag beim Bräu auf ihn wartet** *EM fährt los.*

Szene 15

INT. Wartezimmer / wenig später im Sprechzimmer des Dr. Niedermeir

EM im Wartezimmer des Landarztes unter lauter ländlichen Patienten. Manche stieren vor sich hin, während sie warten. Andere flüstern oder ratschen mit einander. Eine Bauersfrau kommt hinzu, wird von EM gegrüßt und gefragt:

Bauersfrau:	**Nanu, Eva-Maria? Was tust du denn hier?**
EM:	*lügt*
	... ach, nur für die Mutter ein Rezept für Kreislauftropfen holen ...
Bauersfrau:	**... aber nichts Ernstes?**
EM:	**na, na ... so a bisserl halt, wenn´s Wetter umschlägt ...**
Bauersfrau:	**na, ja ... dann ist´s schon recht.**

EM wird von Katl, der Sprechstundenhilfe, ins Sprechzimmer gerufen.

Arzt Dr. N.:   **Tschja ... Eva-Maria**

sieht sie bedeutsam über den Brillenrand an ... EM blickt ängstlich und wird unruhig

Wer isses denn?

EM: *tief erschrocken*

Herr Doktor ... Sie meinen doch ... nicht..???

Arzt nickt

ist´s denn ... gewiß ?

Arzt Dr. N.:   **schon ... freilich !**

EM: **Jesus...Maria .... Oh ... Gott im Himmel !!**

EM läßt sich auf einen Stuhl neben dem Schreibtisch sinken, bedeckt ihr Gesicht mit beiden Händen. Dr.N., läßt ihr etwas Zeit, bis sie von selbst die Hände wieder vom Gesicht nimmt. Tränenüberströmt, lautlose totale Erschütterung . Dr.N. geht zur Tür, steckt Kopf nach draußen und ruft

Dr.N.:   **Katl!**

Katl kommt herein, Dr.N. schließt die Tür hinter ihr, spricht mit ihr an der Tür stehend leise

Geh, lauf geschwind rauf, schau, ob meine Frau schon zurück ist. Sie möcht´ bittschön schnell mal runterkommen.

Katl nickt und geht zur hinteren Tür hinaus

Dr.N.:	Brauchst jetzt nix sagen, Eva-Maria.

Streicht der immer noch tränenüberströmten EM, die stur und leer geradeaus schaut, über den Kopf. Arztfrau Traudl kommt schnell und aufgeregt durch die hintere Tür ins Sprechzimmer. Dr.N. wiegelt mit einer Handbewegung ab und sagt betont ruhig:

Dr.N.:	Traudl, nimmst bitte die Eva-Maria mit nauf. Legst sie aufs Sofa... Ich komm gleich nach ...na, und ... du weißt schon ...

Wechseln verstehende Blicke miteinander.

Szene 16

INT.Wohnzimmer des Landarztes

Wohnzimmer des Arztes. EM auf dem Sofa mit Wolldecke zugedeckt. Dr.N. mißt den Blutdruck, gibt Injektion, bedeutet seiner Frau Traudl, auf der Sofakante bei ihr sitzen zu bleiben.

Dr.N.	eine halbe Stund ... *geht*

Als Dr.N. wiederkommt, sitzt EM bereits wieder. Frau Traudl bei ihr mit Strickarbeit. Dr.N. zieht Kittel aus

Dr.N.:	So, ich hätt´s jetzt erst mal ... Hausbesuche... glaub 3 ... nachher noch...

schaut auf die Uhr: es ist 6 Uhr abends

Dr.N.:	So, Eva... Paß auf ... ich weiß, du mußt das jetzt erstmal verkraften, Mädel... ....das ist doch klar

setzt sich zu ihr

Aber schau, Du hast viel Zeit zum Nachdenken ...
....und dich mit dem Gedanken vertraut zu machen,
daß du Mutter wirst.
Vorerst brauchst keinem etwas zu sagen.
Das bleibt erstmal ganz unter uns

weißt ja – die ärztliche Schweigepflicht.
... gilt übrigens auch für meine Frau...
und wenn du dann reden willst ...... magst...
...sprechen wir vorher alles gemeinsam durch.

Darfst vertrauen, ist wirklich alles halb so schlimm wie es ausschaut,
oder? ... Die Tröpfle nimmst, so wie es drauf steht, gelt?

EMs Gesichtszüge werden langsam ausgeglichener.

Dr.N.:	Meinst , daß du fahren kannst? Weißt, da zieht ein Wetter auf. ...recht schwarz ist´s herüben,... daß du mir rechtzeitig daheim bist

Szene 17

EXT. EM auf dem Kutschbock im Gewitter

EM erreicht den Hof erst nach Einsetzen des Gewitters – vom Platzregen durchnäßt.
Bruder Wastl hilft ihr beim Ausspannen, sie bringt das Pferd in den Stall , dann ziehen beide den Wagen in die Remise. Etc..

Wastl:	**... bist spät dran, Eva-Maria**
EM:	**Tante Josepha hoat mi beim Abkalben g´braucht ...**
Wastl:	**Unser Doktor ist o noch net daheim ...**

Gehen ins Haus

Szene 18

EXT.Waldweg im Gewittersturm   -
später :
INT. Bräustüberl

Ein Mann sitzt auf dem Fahrrad mit einem Radfahrer-Regenumhang und kämpft gegen Wind und Regen an. Es ist stockdunkel, Blitze zucken, erhellen ab und an die Gestalt und ihren einsamen Kampf. Bäume biegen sich gefährlich, dann Krachen, Aufschrei, ein großer Baum bricht auf ihn herab und begräbt ihn samt Fahrrad: er ist blutüberströmt und bewußtlos. Sepp Weinzierl fährt mit seinem Traktor und Anhänger heran, sieht im Scheinwerferlicht den Baum quer liegen, hält an, springt herunter und läuft hin.

Sepp:	**Um Himmelswillen ...**

schaut genauer hin

... o Gott im Himmel ... der junge Doktor ...

Er versucht ihn zu befreien, was ihm nicht gelingt. Er holt die Axt vom Traktor und haut einige Äste ab, um an Arno heranzukommen. Es regnet und stürmt weiterhin heftig.
Nach einiger Zeit bekommt er ihn unter unsäglicher Kraftanstrengung frei. Arno stöhnt, ist wieder etwas bei sich, aber kann kaum auf eine Anrede reagieren. Sepp dreht das Fuhrwerk um, dann hievt er ihn vorsichtig auf den Anhänger in Seitenlage, zieht seine Jacke aus und bettet sie Arno unter den Kopf. Deckt ihn bestmöglich mit dessen zerrissenem Regenumhang zu. Fährt los – ab und an besorgte Blicke nach hinten. Sepp fährt in den Ort vor das Wirtshaus, springt herunter und läuft eilig hinein.

Stanzi (mollige Wirtin mittleren Alters) stemmt rechts und links je drei volle Maßkrüge.

Sepp:	**Stanzi, geh her, schnell ... Decken und Kissen, waste hast, hab einen Schwerverletzten auf dem Hänger**

*Stanzi erschrocken, stellt eilig die Maßkrüge ab, daß sie fast
ausschwappen, holt Decken, Kissen, läuft raus mit ein paar Burschen, die
vom Stammtisch aufgesprungen sind.
Sepp am Telefon: alarmiert die Feuerwehr, mit Pritschenwagen zu
kommen. Stanzi spricht zur Tür hinein mit Sepp, der noch immer telefoniert*

Stanzi: **die Gerdi is zum Doktor nüber …**
                                    …der wird gleich da sein, sagt er.

                            zu sich selbst kopfschüttelnd

                         Mei, bös, bös… so was derf net wahr sei

geht wieder raus. Stimmengewirr von draußen

Szene 19

INT. Schlafzimmer der Eltern von Arno (später: Haustür, Hausflur)

*Bürgerliches Schlafzimmer im Stil der 20-er oder 30-er Jahre. Mutter ist ca.
60 Jahre alt, weißhaarig, fein geschnittenes Gesicht , liegt in ihrem Teil des
Ehebettes. Sie sieht sehr krank aus, tiefliegende dunkle Augen. Vater B
kommt herein, noch im Morgenrock, bringt Tee, Schnittchen, Medikamente,
etwas Obst.*

Vater B: **Henny … das war eine scheußlich Nacht…**
                                  …dieses unaufhörliche Blitzen und Donnern …
                                  ….und das entsetzlicheSturmgeheul …

                  Stellt Tablett ab , zieht Vorhänge auf, schaut hinaus

Vater B: **es regnet noch immer, aber der Wind ist jetzt erträglicher …**
                                  ….etwas Luft sollte ich Dir hereinlassen …

                              macht das Fenster auf

                   Jetzt ißt du ein bißchen was, ja… Henny?

Henriette macht kein begeistertes Gesicht

                   Doch, bitte … mir zu lieb … ich hab´s so schön hergerichtet
                   …dein Frühstück…
                   Und nachher schläfst du ein bißchen…
                   … erholst dich von dieser Nacht
                   ……und all den bösen Träumen, ja?

*Hält ihre Hand. Sie schaut ihn dankbar an, lächelt matt und drückt seine
Hand. Er füttert sie ein bißchen, streichelt ihr über die Wange, gibt ihr
Medikamente. Dann räumt er alles beiseite, schüttelt ihre Kissen und das
Bett auf und bettet sie sorgsam zurecht.*

                   Ich setz mich daher und lese ein bisserl…
                     schlaf du nur ein, meine Henny

Setzt sich ans Fenster in einen alten Schaukelstuhl. Sie schläft ein.
Plötzlich klingelt die Haustürglocke. Er legt Buch zur Seite, schaut besorgt,
daß Henriette nicht erwacht und schleicht sich hinaus.
An der Haustür: der Postbote gibt ein Telegramm ab. Er reißt den Umschlag auf,
kann aber ohne Brille nicht lesen. Schleicht sich wieder in das Schlafzimmer, in
seinen Schaukelstuhl. Henriette hat nichts gemerkt und schläft fest. Vater B
breitet das Telegramm in sein Buch hinein, setzt Brille auf und liest:
Sohn schwer verunglückt – Befinden den Umständen entsprechend
zufriedenstellend – Kein Besuch vorerst – Krankenhaus St.Benedikt – gute
Wünsche Dr. Niedermeir.

Vater B: *flüstert ich seine vorgehaltene Hand*

                       Um Gottes Willen ... auch das noch ... Herr im Himmel ...

schaut Henny an, die ruhig schläft

                       Das darf sie jetzt noch nicht erfahren ... jetzt noch nicht...
                       ...auf gar keinen Fall jetzt ... das bringt sie um ...

Steht auf, klappt das Buch mit dem Telegramm zu und schleicht mit dem
Buch unter dem Arm aus dem Zimmer ...schaut sich noch mal nach ihr um

                       Die Mütter !
                       Sie wissen es immer schon vorher in ihren Träumen!
                       Sie hat doch geträumt ...
                       .... daß da was passiert wär mit dem Arno...

Szene 20

INT. Krankenhausgang, Krankenzimmer

EM geht den Krankenhausgang entlang, meldet sich bei der
Stationsschwester. Dies begleitet sie und läßt sie in Arnos Zimmer und
flüstert:

Schwester: **5 Minuten höchstens und ... nicht aufregen...**

EM: **danke.**

EM geht langsam an Arnos Bett, der sie ansieht. Drückt ihm die Hand, stellt
Blumen auf seinen Nachttisch, setzt sich vorsichtig auf einen Stuhl am Bett,
hält seine Hand. Streichelt sie, drückt sie ab und an. Arno sieht sie an. So
etwas wie Dankbarkeit ist in dem nicht verbundenen Teil seines Gesichtes
zu erkennen. Sie geht dann wieder, bleibt noch mal in der Tür stehen,
zaghaftes Winken, gequältes Lächeln. In dieser Szene wird deutlich,
wie fremd sie einander doch im Grunde sind: Sprachlosigkeit und eine Mimik,
die nichts von Vertrautheit aufscheinen läßt.

EM: **i bet für di...**

Szene 21

INT. Wohnzimmer des Dr. Niedermeir

EM bei der Arztfrau Traudl Niedermeir im Wohnzimmer

EM:	... entschuldigen´s Frau Niedermeir, daß ich einfach so ... . aber ich hab g´dacht, der Herr Doktor hätt vielleicht ... ... ein Momenterl Zeit für mich ... so privat ... moan i
Traudl:	... ist schon recht, Eva-Maria. Mein Mann kommt gleich zum Essen herauf... Ah ... ich hör ihn schon

geht zur Tür und öffnet sie

Albert, schau ... die Eva-Maria ist grad gekommen ...

Dr.Niedermeir:	... Eva-Maria , grüß dich
EM:	Grüß Gott, Herr Doktor.
Traudl:	ich geh derweil in die Küche... das Essen ist gleich soweit...

geht hinaus

Doktor:	... nun, Eva?
EM:	... wissen´s schon, weswegen i kimm ?

Pause

... und jetzt wollt i gern sagen, wer ´s is ... der Vater... moan i

EM blickt schüchtern und verschämt auf den Boden. Der Doktor wartet ab.

EM:	... der junge Doktor, der wo bei uns... der verunglückt ist ...

Der Doktor guckt sie ein bißchen ungläubig über den Brillenrand an

Doktor:	... hm ... hm ...ach, ja? Weiß der schon was von seinem Glück?
EM:	... eben net... das isses ja . ... kann ja jetzt net mit ihm reden... ...und darf´s auch net ... weil´s ihn aufregen könnt
Doktor:	... hm ... das ist ja nun ein bisserl schwierig. ..... Du weißt, es schaut gar nicht so gut aus mit ihm?
EM:	meinen´s, Herr Doktor, daß er net am Leben bleibt?
Doktor:	da kann man noch gar nichts sagen, so wie´s ausschaut... ...aber da gibt´s noch andere Befürchtungen ...
EM:	... daß er nimmer wird laufen können?
Doktor:	... möglicherweise ... und die Kopfverletzung ... ... da könnt´ schon auch noch was zurückbleiben

EM:	**o, Gott, Herr Doktor .... Jesus ... Maria...**
	... was soll ich bloß machen?
Doktor:	**Bisserl zuwarten müss´n ma schon noch, Eva.**
	Da bleibt uns nichts anderes übrig...
	Wenn ich was Neues weiß ...
	... dann kriegst bescheid, Eva
EM:	**Dankschön , Herr Doktor ...mei, was soll nur aus mir werden ?**

EM geht.

Traudl trägt das Essen auf. Dr.N. setzt sich an den Tisch. Sie verteilt Schüsseln, Teller, Besteck etc.. Setzt sich ebenfalls. Gibt Suppe aus der Terrine in die Teller.

Traudl:	**Schaust so ein bisserl sauer ?**
Doktor:	**ja ... ich muß dir sagen... das eben...**
	...das hat mir da eben gar net g´fallen
Traudl: *erstaunt*	**... daß i die Eva-Maria hab im Wohnzimmer auf di warten lassen?**
Doktor:	**nein...nein... das war schon in Ordnung so.**
	Aber die Art von der Eva-Maria ...

Ißt ein paar Löffel ... nachdenklich

	die tut doch nur sich selbst leid.
	Ich glaub , die liebt den Burmeister Arno gar net,
	... ist nur drauf bedacht,
	... wie sie´s mit dem Kind hinkriegt.
Traudl:	**meinst net , daß die arg durchanand ist?**

nachdenklich essend

Doktor:	**... schon, schon ... aber ... die ...**
	die kriegt´s glatt fertig ...und geht zur Engelmacherin,
	....weil sie den Burmeister Arno nicht will,
	wenn der behindert ist.
	Sonst tät sie ihn freilich wollen,
	den jungen Herrn Doktor.
Traudl:	**ich dacht immer, die Eva-Maria und der Toni ... so hat ´s neulich wo geheißen ...**

Dr. N. zuckt mit den Schultern, zieht die Augenbrauen hoch. Eine Handbewegung deutet an, daß er an dem Wahrheitsgehalt der ganzen Geschichte zweifelt.

Szene 22

INT. Pferdestall im Huberschen Anwesen / später in der Schlafkammer der Mutter H.

EM putzt und striegelt ihren Haflinger im Stall.

EM: dir würd i ois sagen,
.... wenn du mir ´nen g´scheiten Rat hätt´st,
....was i machen soll..

EM putzt weiterhin mit Hingabe ihr Pferd.

… nur … was verstahst du scho von so was …

Pferd , als hätte es etwas verstanden, zwickt sie in den Po

He, laß das… mußt net gleich beleidigt sein …

putzt weiter

Mit wem red i bloß ... verdammt noch mal.

Die Mutter wird´s nimmer wahrhaben wollen,
… daß sie mir den feinen, lieben, jungen Doktor eingered´t hat.

Hätt´s hingehaut… nachher wär i die Größte gewesen
…aber so bin i wiederamal a Rindvieh, a saudumm´s.

EM ist fertig mit Pferdputzen. Schaut aus dem Stallfenster und sieht die Mutter vom Hof radeln. Stellt das Pferd geschwind in die Box, spült sich die Hände ab, trocknet sie an der Schürze - alles sehr eilig – läuft über den Hof ins Haus. Zieht die Gummistiefel aus, springt die Treppe hinauf ins Schlafzimmer der Mutter.
EM schaut sichernd aus dem Fenster in den Hof. Fängt an in den Schubladen von Nachttisch und Frisierkommode *zu suchen, schaut immer wieder zum Hof hinaus, ob die Mutter kommt, findet schließlich ein kleines Adressenbuch in der Kommode.*

EM: … da isses … wenn i bloß wüßt, wie die heißt

blättert

Bartl – Danzinger - Denskamer - Engelbrecht …
…na, das hätt ich mir merken können ….das mit dem Engel…

….die hat oanen ganzen oanen einfachen Namen…
…sonst hätt i mirs zweimal merken können …

Liest schweigend weiter, blättert, schaut immer wieder mit gerecktem Hals zum Fenster hinaus

Ostermeier, Maria… a son Sammelbegriff… Sedlmeier,
Sophie…Ich glaub… aber sicher bin i mir da net….
Tschja .. . Sedlmeier, Sophie … die könnt´s sei.

Sieht wieder zum Fenster hinaus, räumt hastig Adressenbuch weg, geht zur Tür , dreht sich noch mal um , sieht , daß die Kommodenschublade etwas vorsteht, schiebt sie noch hinein, kontrolliert, daß sie ja keine Spuren hinterlassen hat, und geht zur Tür hinaus.

Szene 23

EXT. Vor der Kirche nach der Maienandacht

Glockenläuten …Aus dem Portal der Dorfkirche kommen so nach und nach einige Dorfbewohner - vorwiegend jüngere und ältere Bauersfrauen und alte Bauern im Großvater-Alter. Einige Grüppchen bilden sich, man ratscht über den neuesten Dorfklatsch etc. Crescentia, Bärbl und Antonia stehen beieinander. (Dirndlkleider, Gebetsbücher, Rosenkränze) EM kommt hinzu, läßt die anderen noch ein Weilchen reden. Sie will vor allem herausfinden, ob Sophie die von ihr gesuchte Engelmacherin ist und wo sie wohnt. Sie wagt ins Blaue hinein eine Behauptung, um das Thema ins Rollen zu bringen

EM:	Die Sedlmeir Sophie soll so krank si, hab i g´hört… Wie alt issen die inzwischen?
Crescentia:	bestimmt 75, moan i
Bärbl:	wenn´s reicht … … ja, die war mal a bisserl krank… … aber die hat´s in den Griff gekriegt mit der ihre Kräuter …da weiß die scho immer was…
Antonia:	die lebt jetzt zurückgezogen auf ihrer Almhütten, hat´s geheißen…
Bärbl:	… scho, aber helfen .. des tut´s immer noch, wenn sonst ka Kraut net wachsen is und die Ärzte net weiter wissen
Cres.:	… und auch für die kranken Tiere hat ´s guate Händ
Antonia:	der Herr Pfarrer besucht sie da droben fast jede Woche amal
EM:	so? … aber wo wird die Sophie beerdigt, wenn die amal stirbt?
Bärbl:	i woas net… der Herr Pfarrer werd die doch gewiß net aussegnen?
Cresc.:	doch, doch… ganz gewiß
Antonia:	woher woast ´n du das so genau?
Cresc.:	die Haushälterin vom Pfarrer… die Hildegard… die hat´s meiner Mutter verzählt…. … daß die alleweil Absolution kriegt in der Beicht… … und auch später amal a richt´ges a goanz a normales Begräbnis
EM:	ja wia? Bei derer viele Todsünden, wo die hat?
Cresc.:	wenn de Goid hast… nachher geht ois … da spü´n die Todsünden net gar so a große Rollen
Bärbl:	Goid? … wieso? … woher willsten wissen, daß die so fui Goid hat?

EM:	na mit Schusseln haben derer Kunden ja wohl net zahlt, oder? Die ham scho was hieblättern müssen … …. bei so am illegalen G´schäft
Cresc.:	Die Kirche, der Herr Pfarrer und …. …. sogar a die Hildgard…. ….erben ja mal von derer …..
Antonia:	Woher willsten des scho wieder wissen?
Cresc.:	… hat die Hildegard meiner Mutter verzählt… … die hat ja sonst niemanden mehr … seit ihr armes Krüppelkind tot ist… isse ja goanz alleinigs
Bärbl:	die haben immer geredt, daß die Sophie … das Kind umbracht hat … mit Gift… habens g´sagt
EM:	aber alle Untersuchungen haben ja nix bracht… … der Kloane muß wohl doch normal g´storben san
Antonia:	… sonst hätt man ja sicher was nachweisen können
Cresc.:	na, ja … a Hex isse scho … die mit ihre Kräuter
EM:	´zifix … da kommt der Herr Pfarrer… den koan i grad gar net brauche … also denn … pfüat euch..

Szene 24

EXT. am Stall im Huberschen Hof

EM sattelt ihren Haflinger und sitzt auf , die Mutter kommt

EM:	i reit mal zur Sophie auf die Almhütten nauf… sie soll den Haffi mal oschaun… der frißt net g´scheit
MH.:	die Zähn werden´s san .. laß doch den Viechdoktor die mal abraspeln…
EM:	ham ma scho letzte Woch … das Pferdl braucht was für die G´därm … moan i
MH.:	die Sophie soll a a guats Mittel gegen geschwollene Füas ham … habens g´sagt…. frag mal nach … i brauch da was…
EM :	ois klar … pfüa ti Mama … bis später

EM reitet durch Wiesen und Felder und schließlich immer steiler hinauf auf einem schmalen Weg zu einer typischen Almhütte. Sie wirft den Zügel über die Brunnen-Pumpe, lockert den Sattelgurt, das Pferd säuft. Sie geht zur Haustür und schellt eine außen hängende große Kuhglocke. Niemand rührt sich. Sie ruft ein paar Mal. Die Haustür ist verschlossen.

EM geht ums Haus herum und findet die hintere Tür unverschlossen mit steckendem Schlüssel. Sie geht hinein und findet Sophie reglos auf dem Sofa liegend. Sie spricht sie vorsichtig an. Keine Reaktion. Sie faßt an die Halsschlagader:
Sophie ist tot.
Sie stellt das Pferd zu zwei anderen Pferden in den Stall, die offenbar bei ihr in Behandlung sind. Eine aufgehängte Tafel mit einer Medikamentenliste deutet daraufhin.

EM geht wieder zur Hintertür hinein und betrachtet Sophie. Dann beginnt sie in Schränken und Schubladen zu stöbern. Sie findet das Tagebuch, Kräuterbücher, einen Schlüssel zum Medizinschrank, wo Fläschchen mit starkem Gift aufbewahrt werden, wie man am Totenkopf mit den gekreuzten Knochen erkennen kann.
Dann findet sie einen alten Feldstecher, guckt damit ins Tal, spielt damit herum und versucht ihn zu justieren und entdeckt:
3 Männer und eine Frau kommen offensichtlich hierher den Berg hinauf.
Eine Gestalt mit schwarzem Mantel und Hut ist der Pfarrer, die Frau seine Haushälterin Hildegard und 2 Männer mit einer Trage

EM: **aha... die Aasgeier kimma...**

Sie räumt alle gefundenen interessanten Gegenstände beiseite, geht hinter das Haus und versteckt sie hinter dem aufgeschichteten Brennholz. Sie schließt die Hintertür ab, steckt den Schlüssel ein, nimmt das Fernglas mit und versteckt sich im angrenzenden Wäldchen.
Die Vierer-Gruppe kommt an. Der Pfarrer schließt die vordere Haustür auf. Die beiden Männer betten die Sophie auf die Trage, decken sie ab und machen sich auf den Weg ins Tal. Der Pfarrer und Hildegard bleiben und durchsuchen das Haus.

Hildegard: **das Tagebuch... Herr Pfarrer... das sollt ma scho haben**

Pfarrer: **... und das Testament im Original**

Sie finden nichts von Bedeutung...

                                     I hätt schwören können, daß i das Tagebuch heute morgen hier in die Schubladen nei dan hab ...

Hildegard: **hier is a bisserl Geld... aber auch nur Kleingeld**

Sie suchen sichtlich verdrossen weiter

                                     Hier ... Herr Pfarrer... hier is a Brief vom Notar

Pfarrer: *entreißt ihr gierig den Brief und liest ihn*

                                     Da steht drinnen, daß das Testament beim Notar hinterlegt is

Hildegard: **da gehen ma glei morgen hin... Herr Pfarrer**

Sie machen sich auf den Weg.
EM verstaut all ihre Schätze in ihrer Umhängetasche und in den Satteltaschen und reitet in der mondhellen Nacht heim

Szene 25

INT. EM in ihrem Zimmer bei Nacht

EM liest im Tagebuch der Sophie und findet eine interessante Stelle. Die Stimme der Sophie:

Gottseidank habe ich dich erlösen können mein armes, liebes Kind. Du hast ja nur noch gelitten und deinen gequälten Blick habe ich einfach nicht mehr ertragen können.
Keiner ist mir drauf kommen und so haben sie deine Mutter auch nicht einsperren können. Sie haben nach Cyankali gesucht. Das wär ja auch das Einfachste gewesen, aber die hätten doch den Bittermandelgeruch sofort bemerkt. Da war dann mein grünes Zauberfläschle schon sicherer und wirkungsvoller. Du hast auch keinen Todeskampf erleiden müssen, mein kleiner Liebling, und nichts haben sie deiner Mutter nachweisen können.
Aber es könnte sein, daß ich dir als Embryo geschadet habe, mein Liebling, als ich mich umbringen wollte. Sollte das so sein, dann bitte ich dich von ganzem Herzen um Vergebung und auch den Herrgott, denn ich habe es doch nicht wissen können und ich habe es doch ganz gewiß nicht gewollt. Den Huber Franz hab ich nämlich sehr
lieb
gehabt, doch der hat mich verlassen, weil er bei seiner Familie bleiben wollte. Glücklich ist er dabei aber auch nicht geworden. Er hat sich nur noch betrunken und ich war so unglücklich, daß ich nur noch sterben wollte.
Da hab ich versucht, aus dem Leben zu gehen. Ich habe doch damals noch nicht wissen können, daß ich bereits schwanger mit dir war. So jetzt weißt du auch, wer dein Vater ist, aber nützen tut es dir freilich nix mehr… und ich werde dich dereinst wiedersehen und ich komme zu dir in den Himmel, denn für alles hab ich Absolution vom Pfarrer bekommen, was ich an Todsünden getan habe. Aber vor unserem Herrgott, da sind es wahrscheinlich gar keine Todsünden, wenn man unglücklichen Frauen hilft. Ich habe es ja immer nur getan, wenn es wirklich notwendig war, und niemals einfach nur so, wenn es auch andere Wege gegeben hat. …

EM: *springt in höchster Erregung auf* ….**Mei Vatter und die Sophie ….und die hätt sich drauf das Leben nehmen wollen… und geschwängert hat er die a noch… die Mannsbilder taugen alle nix… kannst alle in oanen Sack nehma und draufschloag´n… und triffst alleweil den richt´gen. I hass´ die alle… schlecht sans alle…**

Sie schaut völlig außer sich auf das Tagebuch und auf die Medikamente etc.

Jesus Maria… wenn das die Mutter wüßt´ I werd ihr das nia sag´n… nia … das hat sie net verdient…. a wenn´s no so bös gewes´sn is zum Vater …. aber wenn die glaubt, der Wasti wär a guater… der wär anders …. des glaub i nu wieder net… sie wird scho noch ihr blaues Wunder erleben mit dem…des ist amal gewiß

EM liest fasziniert weiter, vergleicht ab und an die Beschreibungen mit den Medikamenten und holt nach und nach alle aus der Tasche und stellt sie vor sich hin auf den Tisch.

Cruxifix … gottseidank hab´n die Hildegard und der Pfarrer das Tagebuch net in die Finger kriecht… Die Hildegard vor allem… mei … die hätt a Lawinen lostreten… net ausz´denken …

36

Zum Schluß findet sie besagtes grünes Fläschlein

EM: ah... da isses ja ... das grüne Flascherl
                                                    ...das berühmte ... das hilfreiche ...

EM grinst zufrieden und unübersehbar bösartig und versteckt das Fläschchen gut.

Szene 26

INT. Notar in seiner Kanzlei, telefoniert mit dem Pfarrer

Notar: **lieber Herr Pfarrer.. Sie wissen doch, daß ich da gar
                                                    nichts sagen darf ... nein... nein... neieieieiein
                                                    Noch nicht einmal, ob ein Testament existiert... nein**

                                                    **... nicht vor der Beerdigung... noch nicht einmal eine
                                                    Andeutung .... nein ..... nein.**

                                                    **Wenn Sie das Beichtgeheimnis verletzen, Herr Pfarrer,
                                                    kriegen Sie ein relativ sanftes Verfahren...**

                                                    **....aber wenn ich meine Schweigepflicht als Notar
                                                    verletze, darf ich meine Kanzlei schließen.**

                                                    **Jetzt dürfen Sie darüber nachdenken,
                                                    welche Schweigepflicht von den beiden mehr Gewicht
                                                    hat, Herr Pfarrer...**

                                                    Er legt kopfschüttelnd den Hörer in die Gabel

                                                    **Ja , glaubt denn der, der Klerus hätte immer noch
                                                    besondere Rechte?**

Szene 27

EXT. Beerdigungszeremonie

*Man sieht zwei Frauen von hinten, wie sie sich im Flüsterton unterhalten und einander die
Köpfe zuwenden*

Erste Frau: **... jetzt kommt´s auf, wenn die Sophie die Sünd´ nimmer
                                                    aus der Welt schafft ...**

Zweite Frau: **hat sie denn eine neue Frau angelernt?**

Erste: **na ... woher denn ... Sophie war doch eine gelernte
                                                    Hebamme ... die hat doch was können**

Zweite: **stimmt... g´storben is der ka einz´ge Patientin**

Szene 28

INT. Notarkanzlei

Der Pfarrer , Hildegard und noch weitere 10 Personen, die auf die Testaments-Eröffnung warten, sitzen im Wartezimmer

Hildegard:
                                                 was wollen denn die vielen Leut´ hier?
                                                 I denk , sie hat alles der Kirchen…

Pfarrer:
                                                 sans stad, Hildegard… wir werden´s ja glei wissen…

Andere flüstern miteinander, man sieht an ihren Augen, daß sie sich über Anwesende unterhalten

Hildegard: *flüstert dem Pfarrer ins Ohr:* **…und die da? Das is doch a Huren? Oder?**
                                                 Kennens die net, Herr Pfarrer?

Pfarrer:
                                                 sans stad, Hildegard. Wir verhalten uns würdig …
                                                 …schließlich repräsentieren wir
                                                 die Kirche und haben Vollmacht vom Bischof, falls …

Die Notarsgehilfin kommt mit einer Liste und ruft auf:

Notarsgeh.:
                                                 Zur Eröffnung des Testamentes der Frau Sophie Marie
                                                 Sedlmeir werden folgende Personen gebeten:
                                                 Hochwürden Pfarrer Paul Johann Brandhofer, Frau
                                                 Hildegard Maria Neuwirt, Frau Antje van Bloomgard …

Die Notarsgehilfin ruft noch weitere 9 Namen auf. Insgesamt sind es 12 Personen, die sich im Notarszimmer um einen großen Tisch versammeln und Platz nehmen.

Notar:
                                                 meine sehr verehrten Damen, meine Herren!
                                                 Gemäß dem letzten Willen unserer verehrten
                                                 Verblichenen, Frau Sophie Marie Seldmeir, beginnen wir
                                                 mit Teil 2 der Testamentseröffnung.
                                                 Frau Aloysia Haberstroh erhält für ihre liebenswürdige
                                                 und gleichmäßig freundliche Hilfsbereitschaft Päckchen
                                                 Nr.1

Die aufgerufene Frau tritt hervor, nimmt das Päckchen entgegen, zeichnet gegen und setzt sich mit den Fotokopien und ihrem Päckchen wieder auf ihren Platz. Dieser Vorgang wiederholt sich noch ein paar Mal bis alle 9 Personen abgefertigt sind…

                                                 so … meine Damen und Herren… wir kommen zur
                                                 Testaments-Eröffnung Teil 1.
                                                 Hierzu werden folgende Herrschaften gebeten,
                                                 hier weiter vorn Platz zu nehmen:
                                                 Hochwürden Pfarrer Paul Johann Brandhofer,
                                                 Frau Hildegard Maria Neuwirt und Frau Antje van
                                                 Bloomgard.
                                                 Alle übrigen Damen und Herren werden freundlich
                                                 gebeten, den Raum zu verlassen und ggf. im Vorzimmer
                                                 Platz zu nehmen.

9 Personen verlassen das Zimmer.

(cont´d)
Wir kommen zur Haupttestaments-Eröffnung.
Das Testament Nr. 1 wurde am .... *(5 Jahre zuvor)*
notariell niedergelegt und beurkundet. Eine Kopie hat
seinerzeit Hochwürden Pfarrer Paul Johann Brandhofer
erhalten.
In diesem Testament war das gesamte Vermögen der
verehrten Erblasserin – bestehend aus Barschaft von
noch festzustellender aktueller Höhe, einem Mietshaus in
München und dem Landbesitz auf der Alm von 10 Hektar
der Kirche vermacht worden, von welchem
Gesamtvermögen auch Hochwürden und Frau Hildegard
gewisse Anteile zu Teil werden sollten...

Pfarrer: **... hier meine Vollmacht vom Bischof, Herr Notar**

Reicht dem Notar ein Schreiben auf den Schreibtisch. Der Notar beachtet das Schriftstück
nicht weiter, macht eine sehr bedeutsame Pause und blickt in die Gesichter der drei
Anwesenden

aber ....
unsere verehrte Erblasserin hat dieses Testament vor
2 Jahren widerrufen und in allen Teilen für null und
nichtig erklärt.

Der Notar kann nicht umhin sich an den erstaunten Gesichtern zu weiden

Das gesamte Vermögen hat die Erblasserin Frau Sophie
Marie Sedlmeir vermacht an:
Frau Antje van Bloomgard für ihre Einrichtung
"Haus der Frauen in Not", das diese auf hervorragende
Weise in Amsterdam führt.
Als Begründung habe ich wie folgt zu verlesen:

Mit dem ersten – nun widerrufenen – Testament
habe ich, Sophie Marie Sedlmeir, geb. am
25.Oktober 1880 , mir die wöchentlichen Besuche,
den geistlichen Beistand und die Absolution von
Hochwürden Paul Johann Brandhofer erwerben
können, wie auch das Versprechen erhalten, in einer
katholischen Begräbnisfeier neben meinem
inzwischen verstorbenen Kind beigesetzt zu werden.
Bei Verlesung dieser Urkunde durch den Notar
Herrn Dr. Hubermann bin ich inzwischen beigesetzt.
Ich bin sündenfrei gestorben mit der Absolution der
Kirche. Das war mein Ziel .
Mein Vermögen braucht die Kirche nicht und sie hat
es auch nicht verdient, weil sie uns Frauen immer
nur in die 2.Reihe stellt und unsere Nöte nicht
beachtet.
***   Liebe Antje, ich bin mir sicher, daß du viel***
Gutes mit dem Vermögen tun kannst und wirst. Mit
deinem ausdrücklichen Einverständnis lasse ich
hiermit verlesen, daß du etliche Male abgetrieben
hast: deine eigene Leibesfrucht wie auch die
anderer schwer in Bedrängnis geratener Frauen.

39

(cont´d)
 ***Dies geschah nicht bei mir und nicht in diesem
 Land, sondern in Holland, wo dies vom Staat nicht
 bestraft wird. Meine guten Wünsche mit dir und
 deinem vorbildlichen " Haus der Frauen in Not "
 Ich bestätige, zum gegenwärtigen Zeitpunkt im
 Vollbesitz meiner geistigen Kräfte zu sein.***

 ***Sophie Marie Seldmeir** am....*
 Notariell beurkundet ... Nr......   *Amts-Siegel*

*Emotional geladenes Gemurmel im Raum. Der Pfarrer verläßt wutschnaubend die Kanzlei,
Hildegard tippelt verunsichert und deprimiert hinterher.*

Szene 29

INT. Kirchenschiff – Beichtstuhl

*EM kommt in die Kirche und setzt sich in eine Bank in der Nähe des Beichtstuhls, da sie
sieht, daß er gerade besetzt ist.
Dann verläßt diese Person die Gebetsbank des Beichtstuhls und setzt sich in eine der
Kirchen-Bänke zum Beten. EM tritt an den Beichtstuhl.*

Pfarrer:	**lang her ... die letzte Beicht... Eva-Maria... gelt?**
EM:	**ja ... scho ... und i will a jetzt net beichta , Herr Pfarrer**
Pfarrer:	**ja... was denn nachher?**
EM:	**i muß Sie in einer komplizierten Angelegenheit...
I moan ... i brauch da Ihre Hilfe ...Ihren geistlichen
Beistand ...wie man so sagt ... derf i da amal ins
Pfarrhaus kimma ... oder ....in die Sakristei ?**
Pfarrer:	**ja scho... bist ja die letzte heut für die Beicht... dann gehn
ma glei a amal in die Sakristei ...**

Sie gehen seitlich vom Altar in die Sakristei.

*Man ahnt, daß jetzt die Schwangerschaft der EM besprochen wird. Ein Dialog begleitet
von entsprechender Mimik zwischen Besorgnis, Ratlosigkeit und schließlich fester
Entschlossenheit. EMs Gesichtszüge entspannen mehr und mehr, sie scheint zufrieden
mit der vom Pfarrer angebotenen „Lösung" und verläßt einigermaßen beruhigt die Kirche.*

Szene 30

INT. Arno im Bett im Krankenhaus:

Pfarrer sitzt bei ihm : Arnos Kopfverband läßt sein Gesicht nur in soweit frei, daß ein begrenztes Mienenspiel möglich ist.
Ansonsten Beine und Arme in Gips und Verbänden, die Arno nur einige eingeschränkte und sehr bedächtige Bewegungen ermöglichen.

Pfarrer:	**Wenn Sie schon gesund wären, junger Doktor,** **… da wär´s sicherlich sogar eine gute Botschaft,** **die ich da für Sie hätte …** **…. im Moment ist es natürlich net gar so leicht …** *wartet Moment, dann salbungsvoll* **… für Sie u n d die Eva-Maria …**
Arno :	**… für mich … für Eva-Maria ? … ?** **Was meinen Sie damit, Herr Pfarrer?**
Pfarrer:	*legt Hand auf Arnos Arm* **Sie traut sich halt nicht, es Ihnen zu sagen,** **… und so hat sie mich gebeten . . .**

Arno versteht immer noch nicht, der Pfarrer wiederholt:

> **… und so hat sie mich gebeten,**
> **daß ich es Ihnen sag,**
> **daß sie ein Kind von Ihnen …**
>
> *würdevol*
>
> **… unter dem Herzen trägt**

Arno: *sehr langsam* **…. von mir? ein Kind ?**

Verwirrt, nachdenklich, versucht mühselig sich etwas aufzurichten, dann erinnert er sich

> **… die e i n e Nacht … d a m a l s ?**

Sinkt in die Kissen zurück

> **… und nun … ??**

Pfarrer:	**… und nun wär es natürlich schon angebracht,** **eine Nottrauung zu vollziehen. …** **denn bis Sie aus dem Krankenhaus heraus sind …** **… da wärs schon reichlich spät …**

Macht Handbewegung, die runden Schwangerschaftsbauch andeutet

41

Pfarrer: … das wär halt net so arg gut vor den Leuten,
…für Sie… für die Eva-Maria..

…und besser für euch wärs halt auch,

wenn ´s vor dem lieben Herrgott seine Ordnung hätt
und das Sakrament der Ehe vollzogen wird.

*Arno atmet schwer, schaut den Pfarrer an, schaut an der Zimmerdecke im Kreis
herum, schaut wieder den Pfarrer an, will schließlich den Mund aufmachen,
der Pfarrer kommt ihm zuvor, bevor er noch etwas sagen kann*

Pfarrer: Sie steht vor der Tür. Darf ich sie ´reinholen?

*Pfarrer steht auf, Arno macht eine Handbewegung, als wolle er ihn noch
einen Moment zurückhalten, aber dieser übergeht das geflissentlich und
geht zielstrebig auf die Tür zu, öffnet sie und ruft in den Gang hinaus:*

Pfarrer: Eva-Maria !!! ?

EM kommt herein, der Pfarrer nimmt sie bei der Hand

So, Eva-Maria … hab ihm alles gesagt.

Setz dich zu deinem Bräutigam
…. und gib ihm einen Kuß

EM folgt der Anweisung. Arno läßt verwirrt alles mit sich geschehen

So… gib ihm deine Hand.

Legt beider Hände ineinander und seine Hand oben auf.

Ich segne euch, meine Kinder, als Bräutigam und Braut

Macht Kreuzzeichen

Dies ist euer heiliges, unwiderrufliches Ehegelöbnis
für das endgültige heilige Sakrament der Ehe …
bis daß der Tod euch scheidet.

Ich segne Euch im Namen
des Vaters des Sohnes und des hl.Geistes

*Der Pfarrer verabschiedet sich mit stummer Geste und geht. EM und Arno sehen sich ohne
ein Wort an. Die Gesichter sind von einer eigenartigen Abwesenheit, fast maskenhaft.
Sie sitzen wie versteinert im Dämmerlicht des hereinbrechenden Abends.*

Szene 31

INT. Hubersches Anwesen
etwas Zeit ist vergangen seit der Trauung

Mutter Huber, EM, Sebastian, evtl.
Sonstige (Knecht, Magd oder Bauersleute), trinken, spielen Karten. Frauen
bei Näharbeit o.ä. EM strickt Babyhöschen, blitzender Ehering am Finger.

Mutter H.: (*zu EM*)   gehst heute net deinen Mann besuchen?

EM: morgen oder übermorgen… war ja gestern erst…

Überblenden zum Gestern: EM mit Korb in Richtung Krankenhaus. Geht
ins Krankenhaus hinein, Treppen hinauf. Auf dem Gang trifft sie den
Stationsarzt. Grüßen im Abstand. Dann spricht EM den Arzt an, als sie
gleiche Höhe erreicht hat.

EM: Darf ich Sie ganz kurz … Herr Doktor?

Arzt: ja, natürlich, Frau Burmeister. Kommen Sie …

Geht mit ihr ins Ärztezimmer

                           … tschja, der Stand der Dinge … hm…
                           alles   nicht so erfreulich,
                            Frau Burmeister – leider …

EM: Sagen Sie mir, wie´s wirklich steht …
                           … die ganze Wahrheit,
                           Herr Doktor, bitte …

Arzt: Sein Bein macht uns wirklich große Sorgen.
                           Wir werden nochmals operieren müssen.

                           Mit welchem Erfolg – tschja …
                           das steht in den Sternen.

                           … Auf jeden Fall … ist noch sehr lange … Geduld von Nöten,
                           bis er entlassen werden kann.

                           Ihr Kind wird eher geboren sein, Frau Burmeister,
                           …. und … ja …. wahrscheinlich… ja … ehrlich gesagt…
                           wird es wohl Ihr einziges bleiben.

EM steht apathisch auf und geht zur Tür.

Arzt: Ihr Korb, Frau Burmeister …

EM kommt zurück, holt den abgestellten Korb, gibt Arzt die Hand

EM: Danke und Auf Wiedersehen, Herr Doktor

EM geht, der Arzt sieht ihr nachdenklich nach.

43

EM geht den Gang entlang, an Arnos Krankenzimmer vorbei,
schaut zwar auf die Tür, geht aber weiter, aus dem Haus, durch die Gartenanlagen.
Setzt sich auf eine Bank.
Herbstblumen auf den Beeten, Sonne auf gefärbtem Laub.
Kranke gehen in Bademänteln mit ihren Angehörigen spazieren.

Dann kommt eine Frau mit Kind an der Hand, die ihren Mann im
Rollstuhl schiebt. EM starrt auf diese Gruppe, das Bild verschwimmt:
sie sieht sich in der Rolle dieser Frau, der Mann verwandelt sich in einen leicht
entstellten, gelähmten Arno, Kind (ihr Kind) trottet traurig daneben.
        Sie sieht dieses Bild wie eine Vision mit angstgeweiteten Augen.
Hallend – überirdisch ihre eigene Stimme:

EM: * N e i n - in drei Teufels Namen – N e i n *

Wie von Geisterhand wird ein großes schwarzes X-Kreuz über den Rollstuhl
mit Arno gemalt, EM mit Kind davon ausgespart. Die Hand der Frau (EM) läßt
Rollstuhl los. Erst erlischt der ausge-ixte Rollstuhl, dann verschwimmt langsam
und erlischt schließlich die Frau (EM) mit dem Kind
EM schreckt nach dieser Vision hoch: sie hat ein bösartiges, verzerrtes,
man könnte sagen wie teufelsbesessenes Gesicht;

nimmt die Tüten und die Blumen, die für Arno bestimmt waren, aus dem Korb,
wirft sie in den Papierkorb und geht mit leerem Korb rasch davon.

Szene 32

INT. Wohnzimmer im Huberschen Anwesen
TitelCard: 3- 4 Monate später

Auf dem Kaminsims oder einer Kommode stehen Familienfotos: u.a. EM als Braut, dann
stellt eine Hand ein Foto von Arno mit einem Trauerflor übereck dazu. Später stellt eine
Hand noch mal ein Foto dazu: EM und ihrem neugeborenen Kind auf dem Arm

Zeitsprung nach der Geburt von EMs Tochter

Szene 33

INT. Eisenbahnabteil

EM fährt in Witwenkleidung im Zugabteil, neben sich ein Tragekorb mit
dem Baby. Es gibt mehrere Haltestationen: ein- und aussteigende
Fahrgäste. Gepäck hinauf und hinunter etc. Schaffner-Pfiff – Weiterfahrt
etc.
Währenddessen verliert sich EMs Blick in der Landschaft.

Es steigen die alten Bilder in ihr hoch:
wie sie verkleidet in Arnos Krankenzimmer schleicht, ihn mit chloroform-getränktem Mull
betäubt, an die auf dem Handrücken befestigte Infusionsnadel eine Kanüle mit der tödlichen
Flüssigkeit anlegt und ihm das Gift aus dem besagten grünen Fläschchen intravenös
einflößt, das Fläschchen schließlich in der Manteltasche verschwinden läßt und – nach allen
Seiten sichernd - unbeobachtet das Krankenhaus verläßt.

Ankommen in Radolfzell.
Ein junger Mann ist EM behilflich, 2 große Koffer und den Babykorb aus dem Zug auf den
Bahnsteig zu befördern.
Sie steht ratlos da mit ihrem Gepäck und dem Baby, das unruhig wird, schaut sich
suchend um. Es kommt keiner, sie abzuholen. Der Zug fährt weg, die Leute
verlaufen sich. Sie steht allein da. Der Stationsvorsteher kommt auf sie zu.

St: **Kann ich Ihnen helfen , meine Dame ?**

EM: **Ich sollt´ abgeholt werden, aber man hat mich wohl vergessen.**
Oder kommt noch ein Zug, daß es vielleicht ….

ST.: **Nein, das ist der letzte Fernzug für heute. Soll ich Ihnen ein**
Taxi rufen?

EM: **bitte ja … das ist sehr freundlich.**

Setzt sich mit Babykorb auf eine Bank, beschäftigt sich mit dem Kind, gibt
ihm Fläschchen, wickelt es. Als sie gerade fertig ist, kommt der
Stationsvorsteher mit einem Gepäckwagen.

ST.: **das Taxi steht bereit, meine Dame.**

Lädt ihr Gepäck auf. Sie nimmt den Babykorb. Beide gehen Richtung
Bahnhofsausgang …. Straße - Einladen ins Taxi. EM sitzt schließlich im
Taxi.

EM: **bitte in die Untere Seestraße Nr. 12**

Taxif.: **zu Dr. Burmeister?**

EM: **Ja. Sie kennen ihn?**

Taxif.: **Ja, schon ewig… früher … so vor 10 Jahren – da wurden die**
Burmeisters sehr viel besucht. Von allen möglichen Leuten,
Schriftstellern, Malern, Künstlern. Manchmal sogar auch unangemeldet.
Da ich das einzige Taxi damals war, lief immer alles über mich.
Ich mußte Burmeisters manchmal telefonisch vorwarnen.
Wenn er dann die Leute nicht sehen wollte, sagte er zu mir:
Paul, sag denen, wir sind verreist. Und wenn du sie abgewimmelt hast,
dann kommst du und fährst uns nach Stein am Rhein zum
Kaffeetrinken.
Im Cafe Rheinfels der Erkerplatz   … der ist noch immer für ihn reserviert.

EM: **Sie mögen wohl den Dr. Burmeister sehr gern ?**

Taxif.: **Ja, den alten Doktor hab ich immer gern gemocht.**
Der ist so ein fröhlicher Mensch, daß er den größten Sauertopf
aufheitert.

EM:	… und sie? … Wie war sie, die Frau Burmeister?
Taxif.:	Ganz früher , da war sie mal netter, sehr viel netter. Seit ihr Sohn so schwer verunglückte, hat sie keiner mehr lächeln sehen. Sie war sehr verschlossen seitdem und auch oft ziemlich krank. Dann hat der junge Doktor nochmals operiert werden müssen am Bein, hatte das wohl ganz gut überstanden – die Ärzte schienen ganz zufrieden zu sein. Dann plötzlich starb er ganz unerwartet an Herzversagen.

EMs Augen werden schmal, ihr Gesicht ist verbissen und bekommt einen bösartigen Ausdruck.

Taxif.:	Sie hat so sehr gehangen an ihrem einzigen Sohn, # daß sie das nicht gepackt hat.
	Tschja, so hat der Sensenmann gleich noch mal zugeschlagen – schwer für den Doktor.
	Das war reichlich viel auf einmal …
	… aber das wissen Sie wahrscheinlich alles selbst.
	Sind Sie verwandt mit Dr. Burmeister, wenn ich fragen darf?
EM:	Ich bin die Schwiegertochter und das ist seine Enkelin.
Taxif.:	Die Witwe vom jungen Dr. Burmeister?
	Ja, so was ! Hab gar nicht gewußt, daß er geheiratet hatte.

Wird gleich noch um einiges ehrerbietiger

	Meine Anteilnahme, gnädige Frau. Sie waren aber noch nie hier?
EM:	Nein, ich bin das erste Mal hier. … und ich kenne meine Schwiegereltern kaum.
	Sie haben auch ihre Enkelin noch nicht gesehen. Deswegen statte ich ja meinem Schwiegervater einen Besuch ab.
Taxif.:	Da wird sich aber der Großpapa freuen … ein Lichtblick ins Haus nach so langer trauriger Zeit.
	Wie lange bleiben Sie denn?
EM:	Das wird sich herausstellen … wie´s halt so geht … eigentlich … wollte er mich am Bahnhof abholen …
	…hoffentlich ist er überhaupt zu Hause.

Taxif.:   das werden wir gleich wissen, gnädige Frau.

Fährt vor das Haus, steigt aus, langt über das alte Gartentürchen, öffnet
inneren Drehknopf, geht Gartenweg entlang, ein paar Stufen hinauf zur
überdachten Haustür.
Das Haus ist alt, mit Weinlaub bewachsen. Großes Grundstück, alter wild
gewachsener Baumbestand. Blumenrabatten am Haus und den Weg
entlang.Taxifahrer klingelt an der Tür. Es rührt sich nichts. Klingelt nochmals.
Schräg oben öffnet sich umständlich ein klemmendes Fensterchen.
Dr.Burmeister lehnt sich hinaus.

Dr.B.:   wer ist da?

Taxif.:   Grüß Gott, Herr Doktor, der Paul ist hier …

Dr.B.:   Ah… Paul … warte , ich komme runter

Es dauert ein Weilchen, die Tür öffnet sich, Dr.B. erscheint in der Tür.

Dr.B.:   Paul, was führt dich zu mir? Willst du rein kommen?

Taxif.:   Herr Doktor, ich habe Ihre Schwiegertochter hergefahren…

Dr.B.: *erstaunt* Ja… die Eva-Maria ist da …
                heut schon –

                ich dachte erst morgen –

                ja so was ….
                Was für einen Wochentag haben wir denn heute?

Geht mit Paul zum Taxi, begrüßt EM, die abwartend neben dem Auto
steht.

Dr.B.:   Eva-Maria – mein Kind! Entschuldige,
                ich hab mich doch tatsächlich im Datum geirrt….

                … und wo ist denn die neue Erdenbürgerin ?

Schaut in den Babykorb

                Ach, je, das Schatzelchen.

                Hat es denn die weite Reise gut überstanden?…
                … Es schläft ja ganz fest … ach, wie lieb !!

Schaut das Kind liebevoll und entzückt an, nimmt dann den Baby-Korb.

                Opa trägt den Korb voran,
                komm mein Kind …
                der Paul kommt schon nach mit deinem Gepäck.

Geht mit ihr ins Haus, dann ins Wohnzimmer, nachdem sie abgelegt hat
(Jacke, Hut oder dgl). Stellt den Korb hin, bietet EM auf dem Sofa an, Platz
zu nehmen.
Geht wieder zur Haustür, wo Paul mit dem Gepäck herankommt. Bezahlt
und verabschiedet den Taxifahrer.

                Danke, Paul. Wiedersehen – bis zum nächsten Mal.

Zeitsprung

Szene 34

EXT. Badehäuschen am See

kleine Bretterbude mit Spitzgiebel und angebautem Steg in den See.

Kopf eines Schwimmers im Wasser, schwimmt auf das Häuschen zu.
Man erkennt dann Dr.B. Steigt aus dem Wasser und trocknet sich ab, streckt sich
mit Lauten des Wohlgefühls und zufriedenen Durchatmens, freut sich über
den herrlichen Morgen am See im Sonnenschein. Blickt froh in die Runde,
zieht Bademantel an und geht über den Steg auf sein Grundstück, den
Gartenweg entlang auf die Terrasse. Malerisch altmodisch, nicht zu
ordentlich bepflanzt.
EM hat Frühstückstisch gedeckt, trägt noch Eßwaren auf dem Tablett
heran: Eier, Kaffee, Brötchen usw.
Nebendran Laufställchen mit dem Kleinkind, das erste Laufversuche startet

B.:	**... und als Krönung dieses herrlichen Morgens ein fürstliches Frühstück!** **Guten Morgen, mein Kind. Gut geschlafen?**
EM:	**Guten Morgen, Schwiegerpapa, danke ... und selbst?**
B	**ausgezeichnet** *geht zum Kind*
	Anettchen, Herzele, wie geht es denn meiner Süßen?

Nimmt sie auf den Arm, kitzelt sie am Bäuchlein, daß sie vergnügt lacht
und quietscht.

        Quietschvergnügt , wie ich höre

Setzt sie wieder ins Ställchen
Setzt sich an den Tisch. EM dazu. Sie frühstücken, EM gießt Kaffee ein, tut
alles schon recht gewohnt, ohne viel Fragen wie Zucker, Sahne etc.

        Du solltest nachher auch schwimmen gehen, Eva-Maria.
        Das Wasser ist heute ganz wunderbar warm ...
        und so samtig auf der Haut

EM	**zum Abend vielleicht, Schwiegerpapa.** **Hab mir heute noch so einiges im Garten vorgenommen.** **Morgen soll´s nämlich schon wieder regnen**
B	**Ich freue mich sehr über deinen Fleiß, mein Kind.** **Aber mal mußt du auch fünfe gerade sein lassen.**
	... daß du mir schön Ruhepausen einlegst, **bei dem Kaiserwetter heute**

Sind fast fertig mit dem Frühstück

EM	**ich bring dir gleich deine Zeitung,** **wenn du´s Pfeiferl anzünd´st**

Geht zum Briefkasten, entnimmt die Zeitung und einen Brief an sich selbst.
Dreht ihn um: Absender Elisabeth Huber – ihre Mutter

EM: **die Mutter … das schau her!**

Steckt den Brief in die Rocktasche, bringt die Zeitung an den Tisch.

              Bittschön … Schwiegerpapa

B   **danke, mein Kind.**
              Lange lese ich sie heute nicht. Hab auch einiges vor...
              … Ideen für meinen Roman.

              Richtig ein bißchen Rückenwind hab ich heute Morgen.

Zündet sich die Pfeife an, schlägt die Zeitung auf, während EM das auf
dem Tisch stehende Geschirr zusammenräumt

              Bekommst ein schönes Kleid, Eva, wenn mein Buch ein Erfolg
              wird.

EM   **wie viele müssen es denn lesen, damit das Buch ein Erfolg**
              ist?

B   **Wenn ich wenigsten die erreiche, die mir wichtig sind, die**
              noch wirklich lesen können

EM   **wie meinst du das – „lesen können" ?**

B   **weißt du, ich meine die Leser, die das Leise, Indirekte**
              verstehen, die feinen Regungen zwischen den Zeilen, die ich
              beschreibe … die sprachlichen Feinheiten …

EM sieht zu Boden

              Woran denkst du, Eva? Du siehst so ernst vor dich hin?

EM   **Ich würde dich wahrscheinlich auch nicht verstehen . . .**

B   **warum meinst du das?**

EM   **weil ich so ungebildet bin.**

B   **Mein Kind, Gefühle, Stimmungen, menschliche Regungen**
              sind keine Bildungssache. Die sprachliche Vielfalt und
              Fantasie zu würdigen – ja … das…. vielleicht.
              Das Menschliche liebt man, auch wenn man es nicht immer versteht.
              Den sprachlichen Ausdruck versteht man und liebt ihn dann auch.

EM   **ich kann nicht lieben, was ich nicht verstehe**

B   **Nein? – Gott – zum Beispiel mein Kind – Gott verstehen wir**
              auch nicht, aber wir lieben ihn.

EM   **Nein !**

B   **Nein???**

EM   **ich kann ihn nicht lieben, weil ich ihn nicht verstehe.**

B schweigt und beobachtet EMs Gesichtszüge, während sie das Geschirr abträgt. Sehr nachdenklich

B   . . . **ein Dialog von geradezu faszinierender Unlogik –**

                        beiderseits übrigens …

Plötzlich aufspringend

                        . . . **das ist es!**
                        Sie liebt nicht, weil sie nicht versteht

                        … das war der zündende Gedanke …
                        ………….. **danke, Eva!**

Legt die Zeitung weg, geht ins Haus, an seinen Schreibtisch. EM trägt das Geschirr in die Küche, begreift nicht so recht, sieht ihn verwundert an.
EM hantiert in der Küche, zieht dann den Brief der Mutter aus der Rocktasche, öffnet ihn, setzt sich auf einen Küchenstuhl, vergewissert sich, daß B am Schreibtisch beschäftigt ist und nicht in die Küche kommen wird, fängt an zu lesen

Stimme der Mutter Huber

Mein liebes Evchen!
Nun bist Du schon so lange weg. Außer kurzen Lebenszeichen wissen wir hier gar nichts von Dir, wie es Dir geht, was Du so machst. Werde immer wieder nach Dir gefragt und nach dem Kind und kann gar nichts antworten als „danke gut".
Wir vermissen Dich hier sehr. Es ist viel Arbeit so allein. Hatte schon gedacht, Wastl bringt eine gescheite Schwiegertochter ins Haus. Aber da rührt sich wohl zur Zeit nichts.
Wann wirst Du wohl kommen? Schreib bitte bald.
Viele Grüße auch für meine Enkelin und den Herrn Dr.Burmeister
Deine Mutter

EM   … **da schau her! Für die Arbeit fehl´ i.** *Verächtlich*
                      Ich, ausgerechnet!! Wo i doch eh net zupacken kann . . .
                      … **und Evchen nennt sie mich plötzlich … hat sie ja noch nie…**

                      Nein, Mutter… das kannst dir abschminken.
                      Die Antwort kriegst …

                      ausführlicher als dir lieb ist.
                      Das versprech ich dir…

Zerknüllt wütend den Brief, will ihn in den Mülleimer werfen, hält inne, pusselt das Knüllpapier wieder auseinander, glättet es, faltet es und steckt es in die Rocktasche, fängt Geschirrspülen an.

Szene 35

EXT. Bank in der Frühlingssonne oberhalb des Rheins

*Fleckenweise noch Schnee auf den Wiesen. Frühlingsblumen hie und da.
B sitzt auf der Bank. Daneben kleines Sportwägelchen für das Kind, um
es zu schieben, wenn es müde wird. Er raucht Pfeife und genießt den Blick
über den Rhein. Anettchen pflückt kleines Blümchen, bringt es dem Opa.
Er behält es in der Hand: „ danke schön!"
Das Kind wiederholt das noch ein paar Mal mit wachsendem Eifer, strahlt den
Opa an, freut sich, daß er sich freut und umgekehrt. Als er ein kleines
Sträußchen zusammen hat, steckt er es ins Knopfloch des Revers am
Jackett, unter dem offenen Mantel, nimmt den neben sich liegenden Hut,
setzt ihn auf, steht auf , schiebt das Wägelchen mit der einen Hand, an der
anderen Hand geht das Kind.*

*Cafe Rheinfels : Gastraum von innen:
Die Wirtin Frau Steiger, schaut aus dem Fenster. Ein paar Gäste sind im
Cafe verteilt, einzelne Gruppen.*

Frau Steiger (St.):   **Schau , der Dr.Burmeister kommt mit seiner Enkelin…**

*Aus dem Fenster sieht man B mit Anettchen kommen. Sie tippelt brav
neben ihm her. Kurz vor der Schiffsanlegestelle reißt sie sich plötzlich los und rennt
zu den Enten und Möwen nach vorn an den Steg. Sie hockt sich hin und
beugt sich gefährlich weit mit ausgestreckter Patschhand über das Wasser.*

St.:   **Um Gotteswillen, nein… nicht n o c h einmal!**

*Man sieht die Unruhe des Großvaters, der an sich hält, nicht zu eilig
hinterher zu laufen, um nicht durch Erschrecken den Sturz des Kindes
ins Wasser zu provozieren:
Er läßt das Wägelchen stehen, geht behutsam ein paar Schritte auf den Steg.
Ruft sanft nach dem Kind.
Das Kind dreht sich um, lächelt, steht auf, läuft zum Opa zurück, der sie hockend mit
beiden Armen auffängt. Erleichterung!
B kommt mit seiner Enkelin in die Gaststube des Cafes. Frau Steiger
empfängt ihn:*

St.:   **Herr Doktor… Gott sei Dank !**

B: **haben Sie das etwa eben mit angesehen?**

St.:   **ja, freilich. Mir blieb fast das Herz stehen.**

    **Genau wie damals mit Ihrem Arno.
Nur …Sie waren 25 Jahre jünger damals.
Da haben Sie die Lungenentzündung,
die dann kam, noch mal wegstecken können.**

    **Aber der Arno hat sich schwer erholt
… war ja lange kränklich. ..**

    **obwohl er ja schon 5 war und
ein bißchen schwimmen konnte.**

    Das Wasser war damals auch ein wenig wärmer als heut´ .

B:	Sie lief so müde neben mir her...
	diese spontane Reaktion hatte ich gar nicht erwartet ...
	Aber jetzt ist´s vorbei...
	und ich danke Gott aus tiefstem Herzen.
	Frau Steiger, eine große Tasse Schokolade und einen
	Mohrenkopf für mein Herzerl, bitte ...
	...
	und für mich einen feinen Darjeeling

*Sieht das Kind an, atmet durch, Stoßseufzer. Hängt ihr Mäntelchen und
seinen Mantel an der Garderobe auf, setzt sich mit ihr an seinen
angestammten Platz.*

Szene 36

INT. Sprechzimmer des Psychiaters und Psychotherapeuten

*Sprechzimmer des Psychiaters. EM liegt auf der Patientenliege in
therapeutischer Behandlung. Dr. Keller sitzt am Kopfende.*

EM depressiv, teils verzweifelt, teils aggressiv.

EM:	Ich pack es einfach nicht:
	jede Nacht schlaflos, dann wieder
	... diese Träume ... schweißnaß...es wird immer schlimmer.
	Am Tag lauf ich herum wie ein Roboter, mechanisch,
	geistesabwesend, als gehörte ich nirgendwo dazu.
	Ohne Tabletten geht gar nichts mehr...
	dann packt mich das heulende Elend...
	....dann krieg ich mich gar nicht mehr ein...
Dr.Keller:	Frau Burmeister ... die Witwenzeit ist vorüber,
	das Leben geht weiter.
	Sie sind jung ... und hübsch dazu.
	Das Leben hat Ihnen noch so viel zu bieten

Pause

Ein Jahr lang sind Sie jetzt bei mir in Behandlung.
Irgendwas verheimlichen Sie mir noch immer ...

Pause

Ich weiß nicht, was ich noch mit Ihnen anstellen soll....
Kommen Sie mit Ihrem häuslichen Umfeld nicht zurecht?

Schweigen

Haben Sie den geheimen Wunsch,
auszubrechen aus …
aus den … familiären Bedingungen?

Pause

EM zögert, antwortet gedehnt

EM: **Das ist es wohl nicht.**

Mein Schwiegervater ist verständnisvoll und behutsam mit mir.

Eigentlich habe ich alles, was man so braucht.

EM fängt an zu weinen… Dr.K gibt ihr ein Papiertaschentuch
Dr.K. steht auf, setzt sich zu ihr auf die Liege, wartet ein bißchen ab und beugt sich
dann ein wenig zu intim über sie.

Dr.K.: **Trotzdem …**
so ganz natürlich ist ja so ein Leben nicht gerade
für eine so junge Frau …

….Sie brauchen ein Mann, der Sie …

nähert sein Gesicht dem ihren. EM richtet sich spontan auf, mit blitzenden
Augen, wütend, bis dicht an sein Gesicht. Dann springt sie von der Liege
auf, baut sich vor Dr.K. auf, lautstark , Hände in die Hüften stemmend

EM **… einen Mann, der mich ordentlich durchvögelt und mir den**
Kopf zurecht rückt,
wollten Sie sagen? … Was?...

Das wollten Sie doch sagen !!

Läuft im Zimmer wütend hin und her

Auch wieder einer von der Sorte, der glaubt,
daß Männer die allein selig machenden
für uns Frauen sind.
Ohne Euch – da
… da wären wir nichts … absolut gar nichts …
hätten wahrscheinlich…
….noch nicht einmal eine Existenzberechtigung…

läuft aufgebracht umher wie ein wildes Tier im Käfig

Nein, mein Lieber,
da sind Sie bei mir an der verkehrten Adresse …

EM hat sich mächtig echauffiert, atmet heftig

Dr.K. hat sich inzwischen zurückgelehnt und das Schauspiel gelassen,
aber interessiert beobachtet. EM steht am Fenster, schaut hinaus, um sich
zu beruhigen.. Rücken zu Keller.

Dr.K.: **Hätten Sie´s gern mal umgekehrt, Eva-Maria?**

EM schaut ihn feindselig über die Schulter weg an

Dr.K.:   ... daß Sie beispielsweise mal einen Mann so richtig
verdreschen?
... daß der auf allen Vieren daherkommt?

EM dreht sich um, baut sich mitten im Zimmer auf

EM   ... und ob!
Das wär ja zur Abwechslung mal was anderes...

... Balsam auf meine Wunden ...

........Rache für all die gequälten und geschundenen Frauen ...

Dr.K. geht auf sie zu, nimmt sie sehr ruhig bei der Hand... dann beginnt er sie zu duzen

Dr.K.:   **Komm mal mit , Eva-Maria,
ich zeig dir mal was...**

*Sie gehen in den Keller in einen Raum, der zunächst wie ein Fitneß-Studio
aussieht. Dr.K. öffnet mit einem Schlüssel einen Schrank: Sado-Maso-
Accessoires, Lederkleidung, Stachelhalsbänder, Peitschen etc... das
ganze Programm. Er nimmt ein paar „Kleidungsstücke" heraus, legt sie auf
einen Stuhl.*

Zieh das an ... es wird dir passen. Bin gleich wieder da...
Geht hinaus.

*EM ist verdutzt... sie hat so etwas noch nie gesehen... aber die Verkleidung macht sie
neugierig , was wohl daraus werden soll.... Guckt sich alles an und wählt dann sehr langsam
und sorgfältig aus. Dr.K. kommt später wieder herein. EM ist inzwischen umgekleidet:
Ledermieder, Strapse. Hohe Lederstulpenstiefel, lange Lederhandschuhe etc.*

Dr. K.:   *mustert sie*

fast perfekt ... die Domina

*Dreht sie um, schaut sie sich von allen Seiten an. Geht an den Schrank,
holt Lederhalsband, legt es ihr an, holt schwarze Langhaarperücke hervor.*

Setz das auf ...so... setz dich dahin..

Macht sie im Gesicht noch zurecht mit Make-up und Schminke

So ... dein Auftritt kommt gleich.

**Aber laß ihn bitte am Leben.
Denn der zahlt dir pro Stunde, was mancher in der Woche
nicht verdient. ...
ist ein reicher, einflußreicher ...**

**Solche Männer brauchen manchmal so was.
Den kannst du als Dauerkunden haben, wenn du ihm gefällst.**

*EM steht mit gegrätschten Beinen mitten im Raum, die Peitsche zwischen
beiden Händen wippend und biegend, auf den Fußspitzen auf und ab
tänzelnd. Dr.K. geht zur Tür und läßt „Kunden" ein.
Äußerlich seriöser* **Geschäftsmann** *in elegantem Anzug.
Macht ein paar Schritte auf EM zu.
Bleibt begeistert mit aufgerissenen Augen stehen, flüstert erregt:*

Hach… hach… die ist der reinste Wahnsinn

*Zieht das Jackett aus, ohne den Blick von EM zu wenden. Dr.K. macht
inzwischen „Bühnenbeleuchtung" und geht dann hinaus.*

Szene 37

INT. Küche bei Toni Bergers Mutter

*Toni und seine Mutter sitzen sich gegenüber am Tisch.
Mutter mit Flickarbeit oder dgl. beschäftigt. Toni vor sich ein Glas und eine
Flasche Bier. Gießt sich nach, vergräbt Kopf in die Hände*

Mutter B.:	**Wenn de dei Frau scho geh`n läßt …**
	warum hast´se nachher das Kind einfach so mitnehma lassen?

Toni schweigt, stiert in sein Glas, gießt Bier nach und trinkt

Mutter B.:	**… is doch dei Fleisch und Blut, Toni. Das läßt man sich net einfach so wegnehma!**
Toni:	*steht auf* **….eben net !**
Mutter B.:	**was moanst?**
Toni:	**eben net mei Fleisch und Blut, verdammt noch mal!**
Mutter B.:	**was sagst da?** **Wie is das nu wieder zu verstehn?**

*Toni trinkt Bier, steht auf, geht an den Küchenschrank, holt eine Flasche
Obstler und zwei Stamperl heraus. Gießt sich und der Mutter einen
Schnaps ein. Mutter verfolgt das verwundert und beängstigt, leise vor sich hin*

Au weh *laut* **Na, Toni, net, i vertrag doch nix**

Toni:	**das, was kommt , is ärger. So – also … trink mer erst zusammen**
Mutter B.:	**Toni, was redst´n da?**
Toni:	**Mutter, Prost , trink ma z´erst**

Beide leeren das Stamperl, Toni in einem Zug, Mutter auf 2- bis 3mal.
Sie schüttelt sich. Toni gießt noch mal ein.

Mutter B.:   **Toni, na… net… du weißt doch,**
                       daß i nix vertrag…

                       willst mi b´sufffn machen?

Toni: **Ja, Mutter … des will i. …also Prost, Mutter**

                       Mutter zögert

                       Mutter, i hab Prost gesagt …
                       …geh weiter …

Mutter B.:   **Wenn´s denn sei muß**

                       Beide leeren ihr Stamperl

                       Muß scho arg schlimm sei, was d´mir zu sagen hast, Toni …

                       …daß d´mich z´erst b´soffn machen möchtst…

Toni: **Ja, Mutter,**
                       jetzt hörst drauf, was i dir sag …

Mutter blickt abwechselnd ängstlich – erstaunt – verstört

                       Das Zwetschgerl , das du moanst,
                       dei Enkelkind …des …

                       des is net von mir …

Toni schaut, welche Wirkung auf dem Gesicht der Mutter abzulesen ist

Mutter B.:   **Was sagst da? … ja wieso denn net? …**

                       Wie woaßt ´n das überhaupt?

                       … Was ist los, was ist das nu wieder für ´ne Gschicht´, Toni?

                       Toni holt sich noch ein Bier und trinkt, Mutter ärgerlich

                       Vielleicht redst nu endlich, Herrschaftszeiten noch amal!

                       Rückblende

Rückblende
Szene 38

INT. Ein Krankenhauszimmer

Toni sitzt – bereits in Straßenkleidung - auf der Bettkante .
Ca. 2 – 4 andere Kranke mit Verbänden, Gips etc. liegen in ihren
Betten im gleichen Zimmer. Auf dem Fußboden neben Tonis Bett steht schon
sein fertiges Gepäck. Der Arzt kommt rein und geht auf ihn zu.

Arzt: **Herr Berger – ich freu mich, daß ich Sie vorzeitig entlassen kann...**
                       So gute Heilhaut macht halt den Arzt schneller überflüssig ...

                                       Pause

                       Werden Sie abgeholt?... ist Ihre Frau verständigt worden?

Toni: **Nein, i will sie überraschen.**
                       I fahr mit dem Taxi heim, und...

                       ... danke nochmals für alles, Herr Doktor

                              Drücken sich kurz die Hände

Arzt: **toi – toi – toi, weiterhin**

Toni: **Danke, Herr Doktor**

                              Zu den anderen Patienten:

                       Servus und pfüat Euch

                              Toni geht aus der Tür.

Szene 39

INT. Tonis Haus

Toni kommt zur Haustür herein. Stellt seinen Koffer im Flur ab, hört
Stimmen: eine weibliche (seine Frau) und eine männliche. Hört scherzen
und kichern und dann auch ziemlich eindeutige Laute aus dem Schlafzimmer.
Toni lauscht. Die Laute werden immer intensiver und lassen keinen Zweifel
aufkommen. Seine Miene wechselt zwischen Wut und Enttäuschung bis hin
zur Resignation.
Toni kann schließlich nicht länger an sich halten, reißt die Tür auf
und stürmt hinein. Er baut sich vor seiner Frau und seinem besten Freund
Wastl auf.
Beide in flagranti Ertappte machen hilflose Gesichter und sitzen verstört -
jeweils am anderen Ende des Doppelbettes auf der Bettkante.
Tonis Frau im Dessous. Wastl zieht schnell seinen Slip an,
während Toni die Ärmel aufkrempelt.

Wastl : Toni, laß uns …

Das ist das einzige, was er noch vorbringen kann, dann schlägt Toni zu. Wildes
Geraufe, Verfolgnungsjagd ins Wohnzimmer, Stühle kippen um, groteske Prügelei mit
Gags von dazwischen fallenden Gegenständen, aber man ist nicht sicher,
wie das ausgehen könnte. Schließlich verhakeln sich beide am Boden
liegend total ineinander.
Christl hat währenddessen die ganze Zeit ängstlich und hilflos zugeschaut.
Jetzt aber kommt sie aus der Küche mit einem Eimer Wasser und gießt ihn den
Kampfhähnen über die Köpfe.
Beide lassen einander los. Sie sind sich gegenüber auf allen Vieren,
schauen sich ein bißchen deppert mit triefenden Haaren an, schütteln sich
das Wasser aus den Haaren – fast synchron – schauen sich wieder an,
halten inne und fangen gemeinsam an, brüllend zu lachen.
Biegen sich vor Lachen, stehen auf, biegen sich noch einmal.

Christl steht etwas dümmlich lächelnd mit Handtüchern da.

Wastl legt Toni die Hand auf die Schulter, die andere Hand hebt er: gibt ihm fünf

Wastl: Das hast davon, wenn de zu früh heim kimmst.

Komm wir gehen auf ´nen Bier vor zur Stanzi.
Die freut sich doch, wann´s di siecht.

Toni schlägt ein. Sie trocknen sich mit den Handtüchern ab. Seiner Frau,
die verdaddert dasteht, gibt Toni einen Klaps auf den Po

Toni: Mach Ordnung derweil …

Beide gehen lachend weg – Richtung Wirtshaus >>>>>
Im Wirthaus sitzen Kartenspieler und andere Komparsen.
Toni und Wastl beim Bier

Wastl: Toni, mei … eigentlich mag i mei Frau doch schon sehr,
verstehst …
So furchtbar schuld war i a gar net.

Dei Frau is halt scho a heißes Weib,
verstehst mi scho .. . die hat scho a…

Toni gibt sich sachlich, guckt in sein Bier und sieht dann Wastl an

Toni: Wastl, woast … i hab di immer gern mögen, das weißt.

Aber des … des geht a bisserl arg z´weit…
strapazierst mei Freundschaft scho a bisserl vui …

Wastl: i woas, Toni, i woas…. mei, I mach´s wieder guat… irgendwie,
Toni …gewiß

Schweigen, Biertrinken, Obstler kippen

Mei, Toni, ich glaub ,
dei Frau mag di scho a … gewiß …
Toni … und … weißt… mei Frau …
die muß doch net unbedingt da neigz´ogen werden, … oder?

Toni:	nu tust um schön Wetter betteln, du Gauner … gelt?
	Hast ja vorher an mi o net denkt … als mei bester Freund, ha?

Trinken und glotzen vor sich hin, dann Toni aggressiv

Die Frau vom besten Freund … die langt ma holt net o ….oder??

Wieder trinken und glotzen

Wastl:	Na, Toni, na … und es tut mir ja auch leid… mei Toni… wirklich… es tut mir so leid.
	An deiner Freundschaft is mir weit mehrer gelegen als an deiner Frau … gewiß …
	… glaub mers halt, Toni …
	s ´is halt so saublöd gewesen, was net hätt sei müssen … glaub ´s mer halt, Toni

Wastl legt ihm die Hand auf die Schulter. Toni schweigt kurz, dann hochfahrend wie aus der Trance

Toni:	jetzt stell dir vor, da kimmt was nach …
Wastl:	Was?
Toni:	Frag ne so saudumm … na a Kind zum Beispiel… du Depp…
Wastl:	Mei, Toni … wenn´s wirklich so wär … ach … des glaub i net…
Toni:	Wenn aber ….
Wastl:	Mei, Toni … wirklich… mei , Toni, des is dann dei Kind …
	Schau .. deine Ehe – meine Ehe…. Wir wollen da doch den Frieden net stören… i bei dir net … und du bei mir net… Weißt …
	die meinige … weißt … die woaß doch nix davon. Willst da künstlich Unfrieden nei bringen?
	Toni… i bitte ich … Toni… na… wirklich net … Toni
Toni:	verlangst net a bisserl vui von mir , Wastl?
Wastl:	mei, Toni… vielleicht. Aber … wem hilfst, wenn de hingehst und alles kaputt machst? … Wem ?...Sag… wem? Sei doch vernünftig , Toni. I bitt dich.
	Auf unsere lange Freundschaft, Toni !

Du weißt , daß i dir damals auch aus ´ m
Schlamassel g´holfen hab,

woast schon , was i moan ? Ha?

Wastl streckt dem Toni die Hand hin

Komm … schlag ein. Auf unsere Freundschaft.

Vergessen wir, was heute war … o.k.?

Toni: *langsam und zögerlich*
                   Na… o.k….. lassen mers gut sein…

was bringst

resigniert

Ortswechsel >>>

Wieder zurück in der Küche bei Tonis Mutter >>>>

Szene 40

INT. Die Küche von Mutter Berger wie zuvor

Toni: … und es war so… i hoab nachgerechnet.
                              Weißt Mama …

                               i bin manchmal schon a bisserl arglos …
                              aber in dem Fall … es war ganz eindeutig…

                                             Pause

                              Was hilfst… i hoab ´s halt versprochen…

                              aber weißt Mutter…
                              ich hab sie nimmer anrühren können seitdem …
                              die Christl … ich hab ´s probiert , Mama …

                              es ist net ganga…
                              … es is einfach net ganga…

*Mutter B steht auf, gibt die inzwischen fertige Suppe auf die Teller, stellt die
Teller hin. Schweigen – Essen*

                              Jetzt bist traurig, daß de plötzlich keinen Enkel mehr hast,
                              gelt, Mama?

*Toni streicht ihr über die Wange. Sie vertieft sich schweigend in ihre
Brotzeit. Beide essen schweigend weiter. Nach einer Weile sagt Toni*

Soll ich dir eins schenken, ein Enkele ?

Mutter schaut ihn ein bißchen ärgerlich von oben bis unten an, als hätte er etwas unglaublich Freches gesagt und würde sie auf den Arm nehmen wollen

Im Ernst, Mama!

Mutter B.:	**freilich mag i oans … das weißt sowieso …**
	na, irgendwann… **da wird ´s vielleicht doch noch amal …**
Toni:	**na, jetzt… sofort… moan i …**
Mutter B:	**ah, Toni … geh weiter** *winkt ab*
Toni:	**… na, ja … auf die Arm wiegen kannst ´s freilich net mehr…** **dazu ist ´s schon zu groß derweil …**
Mutter B:	**Toni … i bitt dich…**
Toni:	**Müßt jetzt 13 oder 14 Jahr alt sein …** **das Kind von der Eva-Maria und mir…**
Mutter B.:	**Was redst denn da , Toni?**

Schüttelt mehrfach und immer wieder den Kopf

Toni schweigt, nachdem es nun heraus ist, was er loswerden wollte. Trinkt Bier, schaut ab und an prüfend seine Mutter an, die sich irgendwie in der Küche zu schaffen macht, um sich abzulenken. Sie schüttelt zwischendurch immer wieder den Kopf, schaut den Toni an, der inzwischen am Fenster steht und hinaus schaut.

Mutter B.:	**Was macht denn die Eva?** **Hast was gehört in letzter Zeit?**
Toni:	**der Wastl hört a net vui von ihr, seit die Mutter tot ist.** **Sie lebt immer noch beim alten Dr.Burmeister am Bodensee.** **Arbeitet a bisserl nebenher.** **Anette geht in die Oberschul inzwischen.**
Mutter B.:	**geheirat´t hat ´s demnach net noch amal?**
Toni:	**Na, des net**
Mutter B.:	**… und du?** **Hast sie doch immer gern mögen… die Eva ?**
Toni:	**schon… a heut noch…**
Mutter B:	**… und sie?**
Toni:	**i war recht bös zu ihr, weil i so eifersüchtig war …**
Mutter B.:	**Könnst sie ja vielleicht amal besuchen, Toni?**

Szene 41

EXT. Haus, Garten
später
INT. Küche im Hause Dr.Burmeister

Verhangenes Herbstwetter, buntes Laub.
Vor dem Grundstück des Dr.B. fährt ein VW-Käfer vor, gesteuert von
älterer Dame (etwa Mitte 50), daneben ihr Ehemann, ein älterer
Professorentyp von 63- 65 Jahren. Beide steigen aus und klingeln.
Anette kommt ans Gartentor.

Anette:	**Guten Tag!**
Erwin J:	**Guten Tag.** **Du bist doch sicher Anette?**
Anette:	**ja?**
Erwin J:	**ist dein Großvater zu Hause?**
Anette:	**Ja.** **Ich hol ihn gleich**
Erwin J.:	**Sag ihm : Erwin und Elsa sind da**

Anette macht das Gartentor auf, läßt beide eintreten, geht schnell voran ins
Haus, ruft nach dem Großvater, der in der Haustür erscheint

B:	**Erwin – Elsa!** **Mein Gott,** **welch eine Überraschung ….** **… ist das aber schön…**

Umarmen sich alle nach einander. Gehen zu dritt ohne Anette in das
Bibliothekszimmer. Erwin schaut sich um

Erwin J.:	**hat sich nichts verändert seit den letzten 10 Jahren , Ernst !** **Alles noch wie es war…**
B:	**die alte Vertrautheit ist hoffentlich auch unverändert…** **Kinder … wie ich mich freue.** **Elsa, du siehst gut aus.** **Demnach scheint er nett zu dir zu sein, der alte Stinkstiefel?**
	deutet auf Erwin
Elsa:	**doch, ist er. Ich kann mich nicht beklagen.**
Erwin J.:	**wo ist denn deine Schwiegertochter?**
B.:	**Sie muß jeden Augenblick kommen.** **Sie arbeitet gelegentlich** **in der Klinik beim Psychiaters Dr.Keller etwas mit…**

muß sie ja eigentlich nicht,

aber es hebt doch ihr Selbstbewusstsein,
wenn sie sich von ihrem eigenen Geld hie und da einen
Wunsch erfüllen kann.

Sie ist ja sowieso eher verschlossen
und ernst.

Ah … ich höre sie gerade kommen …

Geht zur Tür und ruft hinaus

Eva-Maria !
EM kommt

Eva-Maria, wir haben zum Abend sehr liebe Gäste:
Prof. Jankowski und seine Frau.
Wir sind schon bald ein halbes Jahrhundert lang enge Freunde

EM gibt beiden die Hand, sehr förmlich

EM:	Schwiegerpapa hat oft von Ihnen erzählt. Ich freue mich, Sie kennen zu lernen.

Geht wieder, dreht sich um und sagt im Weggehen

Um 19 Uhr Abendbrot … ist das recht?

Elsa:	Frau Eva-Maria, aber bitte keine Umstände unseretwegen.
B.:	die Sonne zeigt sich gerade ein bißchen, laßt uns in den Garten gehen.
Erwin J.: *scherzhaft*	…also … im Park seiner Lordschaft ein wenig ergehen
B: *lacht*	Die Größe mag reichen, aber ansonsten ist es mit Park nicht so weit her.
Elsa:	… halt wild und urwüchsig. Die perfekte Pflege wäre ja auch sehr aufwendig und teuer. Wer kann sich das heutzutage denn noch leisten…
B:	jetzt muß ich aber endlich erfahren, wem oder was ich das unerwartete Glück Eurer Gegenwart zu verdanken habe?
Elsa:	Ernst , da kommst du nie drauf…
B:	Ihr macht mich aber neugierig …
Erwin J.:	Ja, Ernst, wir sind in e r n s t hafter Verhandlung, in deiner nächsten Nähe einen Bauplatz für unseren Alterssitz zu erwerben.
B.:	Ernst … Elsa … ist das wirklich war? Das wäre ja wunderbar. Nein… wirklich??? Ganz im Ernst ??

B ist übermütig und freut sich riesig wie ein Kind.

SZENENWECHSEL IN DIE KÜCHE >>>

*EM schaut aus dem Küchenfenster: ihr ist die Szenerie, die sich im Garten
mit den zwei Gästen abspielt, nicht ganz geheuer. Sie beobachtet die
Gruppe mehrfach sehr skeptisch. Dann zu Anette, die in die Küche kommt:*

EM: **Anette, krieg mal heraus,
was da so gesprochen wird… aber
bisserl mit Abstand, als wenn du nicht dazugehörst.**

                                                        **Laß dir nichts anmerken…
geh… lauf schon…**

*Man sieht die drei (Elsa, Erwin, B) mit Handbewegungen am hinteren Ende
des Grundstücks und abschreitend eine Art „Grundstückvermessung"
vornehmen.
Anette tollt scheinheilig und „rein zufällig" da herum, so daß die drei nichts
argwöhnen, hört aber alles genau mit. Läuft dann zur Küche zurück und
erstattet ihrer Mutter Bericht*

Anette: **Der Großvater möchte denen dahinten ein Stück vom Grundstück
geben,
daß sie da ein Haus drauf bauen können.**

                                              **In ein paar Wochen wollen sie wiederkommen,
dann will er mit ihnen zum … wie heißt das….?**

EM   **zum Notar?**

Anette: **ja, so hat's geheißen, glaub ich**

                                        EM versucht ihre Erregung zu verbergen, dann

EM: **gib auf die Töpfe acht… öfters umrühren,
daß mir ja nix anbrennt,**

                                            weißt… wir dürfen uns heute nicht blamieren…

                                            Ich geh derweil ein paar Kräuter schneiden…

                                                  Nimmt das Küchenmesser

                                            Gelt, Anette … aufpassen… und nicht träumen

*Geht in den versteckt liegenden Kräutergarten, um die Gespräche
zwischen Dr.B., Erwin und Elsa zu belauschen*

SZENENWECHSEL IN DEN HINTEREN GARTEN >>>

Dr.B:
Ich freue mich auf euch. ...auf gute Gespräche,
aufs Philosophieren.

Erwin , auf deine scharfe Kritik, was das Sprachliche angeht,
für meine Schriftstellerei.

Erwin J.:
Ja, Ernst ...
.... aber das mit dem Grundstück,
das können wir nicht annehmen.

Elsa.. sprich du ein Machtwort.

Dr.B:
wir können über Einzelheiten reden, wenn ihr wieder da seid.
Das ist jetzt unwichtig...

jedenfalls könnt Ihr eure Verhandlungen stoppen. ..

Kinder, ich blühe richtig auf, wenn
ich an meine letzten Lebensjahre denke...
... mit E u c h !

Ist ausgelassen und fröhlich

Elsa, du darfst dich mehr als einmal revanchieren ...
du kennst mich als hungrigen und dankbaren Verehrer deiner
Küche...
außerdem wirst du manches Mal schlichten müssen,
wenn wir zwei Dickköpfe uns in endlosen Diskussionen
festgefressen haben ...

ach, mein Herz ist plötzlich 30 Jahre jung.

Elsa:
weißt du Ernst, du solltest schon einen Familienrat abhalten
zuvor ...
... mit Eva und Anette alles besprechen

Erwin J.:
ja, das meine ich auch.
Wir wollen schließlich nicht als
Eindringlinge hier so einfach ...

B:
also... nein, nein... das geht zu weit.
Ihr verkennt total die Situation.

Elsa:
aber ...

B:
bitte Elsa... nichts aber! .... Seht mal ...
Eva-Maria ist ja nun alles andere als eine enge Vertraute von
mir, die da mitzureden hätte...

Erwin J.:
immerhin doch deine Schwiegertochter

B.:	Ihr werdet heute Abend sehr schnell merken, wie ihr sie einzuordnen habt... wißt ihr ... Sie ist zwar lieb und nett und fleißig, wirklich... Aber an Arnos Seite ... weitab jeglicher ... na, sagen wir ...
Elsa:	aber sie lebt doch seit bald 15 Jahren hier im Haus bei dir... hat dir alles zu deiner Zufriedenheit in Ordnung gehalten
B:	ja, Elsa , ja... das alles stelle ich auch gar nicht in Abrede.. überhaupt nicht ... Aber diese Schicksalsgemeinschaft bin ich doch nur Anettes wegen eingegangen... ...und ... .möglicherweise ändert sich da in naher Zukunft sowieso etwas...
Erwin J.:	wie meinst du das?
B:	mir ist da ... wie soll ich sagen... ach, lassen wir das jetzt... ... ich habe vielerlei Gründe, mir in nächster Zeit intensiv Gedanken zu machen...
Erwin J.:	Du sprichst in Rätseln...
B.:	Erwin ... Elsa... wir sprechen eingehend und vertraulich darüber, wenn ihr von eurer Reise zurück seid. Dann machen wir auch die notariellen Niederlegungen. Den heutigen Abend wollen wir unbeschwert genießen und unser Wiedersehen feiern.... Kommt ich zeige euch meinen neuen Rosengarten und die wunderschönen Gladiolen...

EM hat gelauscht, ihre Gesichtszüge verraten wechselnde Emotionen zwischen Enttäuschung, Verzweiflung, viel Angst, die sie zunehmend in die Enge treibt. Gedankenfetzen setzen sich zusammen, verdichten sich, artikulieren sich, innerlicher Monolog

EM:	Von wegen Hausfrau... falsch... ganz falsch gedacht.... Dienstmagd war ich ... all die Jahre... für ein Taschengeld Spät komme ich jetzt drauf... leider... Aber... was weiß er?... worüber muß er sich intensiv Gedanken machen? ... was bedeutet das nun schon wieder? ... und was ändert sich da bald... was mit Anette? Will er sie ... etwa ... von mir trennen?

Ihre Hand hält krampfhaft das blitzende Küchenmesser, ihr Mund ist
verkniffen, ihre Augen schmal, dann plötzlich von Angst geweitet, denn da
ist sie wieder ... diese dämonische Stimme aus dem Abgrund ihrer Seele.

N E I N ... in drei Teufels Namen ...N E I N

Hallend in unwirklichem Echo
Ein großes schwarzes X legt sich – wie von magischer Hand gemalt – wie
damals - jetzt über die Gestalt des Schwiegervaters, während er mit seinen
Freunden die wunderschönen roten Gladiolen betrachtet, und bringt ihn zum Erlöschen :

D A S   Z W E I T E   X

Langsam entspannen sich ihre Gesichtszüge wieder:
die Vision verschwindet in einem Nebel.
Sie schneidet mit unbeweglicher Miene und sicherer Hand die Kräuter für
das Abendessen.

Szene 42

INT. Sprechzimmer des Psychiaters Dr.K.

Dr.K. sitzt an seinem Schreibtisch und telefoniert

Dr.K.:   **in Ordnung, Termin bleibt, ja... Wiedersehen**
                       es klopft.... **Herein**

EM tritt ein in biederem Sekretärinnen-Look

EM: **Fred, ich geh jetzt....**
                       Wollte dich noch kurz sprechen,
                       wenn du grad einen Moment Zeit hast...

Dr.K.:   **für dich doch immer, Eva...**
                       ist was nicht o.k.?

EM: **hier alles wie gehabt...**
                       nur daheim ... da brennt´s a bisserl

Dr.K.:   **setz dich doch ... was ist passiert?**

EM: **noch nichts... aber es wird was passieren,**
                       wenn´s so weiter geht.

Dr.K.:   **spuck´s aus .. wenn ich dir helfen kann?!**

EM: **mein Schwiegervater macht mir das Leben schwer:**
                       es entwickeln sich da einige bedrohliche Probleme

Dr.K.:   **er will dir doch nicht etwa an die Wäsche auf seine alten**
                       Tage?

EM: Komm... mach keine Witze... dazu ist es zu ernst.
Also jetzt laß mich mal reden :

Das geht jetzt seit 4 Wochen schon so,
er wird immer vergeßlicher,
läßt die Herdplatte an,
so daß ich neulich grad noch einen Brand verhindern konnte.

Ja, das ginge ja alles noch... aber...

er wird manchmal aus heiterem Himmel
aggressiv und geht auf mich los...
mit einem Messer dieser Güte

ahmt mit den Händen ein großes Messer in Länge und Breite nach

das Messer habe ich inzwischen beiseite
geschafft.
Jetzt hat er sich ein neues, noch größeres besorgt

Fred..... ich fürchte mich so ...
Zu Anette... da ist er ganz anders ...
ich versteh gar nichts mehr.

Wenn Fremde dabei sind,
dann ist er ganz jugendlicher Charme
... und alle gratulieren ihm zu seiner Gesundheit mit
seinen fast 90 Jahren

Dr.K.: Ahnt er was von deinem Job hier?

EM: Kein Stück... das ist mal sicher.

Ich hab ihm jetzt immer ein paar Beruhigungspillen ins Essen
getan, in den Wein usw...

aber er scheint sich an die Dosierung zu gewöhnen.

Ich bitte dich: gib mir etwas für die Nacht,
das ihn lange und fest schlafen läßt
und etwas für tagsüber, daß er passiv und handzahm wird ...

sonst dauert´s nicht mehr lange,
daß du mich beerdigen kannst.
Ich habe eine Wahnsinnsangst.

Dr.K. steht auf, schließt einen Medikamentenschrank auf, holt zwei Packungen heraus

Dr.K.: Für den Tag ... für die Nacht... Dosierung genau nach
Anweisung... aufpassen bei Alkoholgenuß... da ist die
Wirkung um einiges verstärkt... besser dann nicht geben.

Du hältst mich auf dem Laufenden, wie´s geht.
Zur Not müssen wir ihn mal stationär aufnehmen

Tschüss Eva .. und halt die Ohren steif ...

EM: Servus , Fred... und danke dir schön

Szene 43

INT. Bibliothekszimmer von Dr.B.

Bibliotheks- und Arbeitszimmer des B. Er trinkt Tee, EM sitzt bei ihm und trinkt Kaffee. Gemütliche kleine Ecksofa-Gruppe. Der übrige Raum wird von bis zur Decke reichenden Bücherregalen beherrscht. Stilvoller Herrenschreibtisch am Fenster mit Ausblick auf den See, mit Büchern und Manuskripten bepackt etc.
B spricht langsam und nicht immer klar in der Aussprache. Nicht wie betrunken, aber mühevoll gegen Konzentrationsschwäche und Müdigkeit ankämpfend

B:
        Eva-Maria,
        … diese bleierne Schwere ist nicht normal.
        Ich kann keinen klaren Gedanken mehr fassen…

        Das geht über Wochen nun schon so … oder 14 Tage?
        Ich hab manchmal Angst, die Treppe hinunterzufallen.

EM:
        scheinheilig **ich wollte dich gerade darauf ansprechen, daß**
        du mir schon länger nicht so recht gefällst
        mit deiner Müdigkeit

B:
        Ruf doch bitte Dr. Fackler an und mach einen Termin für mich.
        Er muß mich mal unter die Lupe nehmen,
        sobald er Zeit für mich hat.

B nimmt ein Buch zur Hand und schlägt es auf. EM läßt unbemerkt eine Pille in seinen Tee gleiten

EM:
        ich ruf nachher gleich an.
        Die Nachmittags-Sprechstunde
        beginnt in ungefähr einer Stunde….

        Trink nur jetzt deinen Tee, bevor er kalt wird

B trinkt den Tee, nimmt wieder sein Buch und liest. Die Buchstaben verschwimmen immer mehr, der Kopf wird immer schwerer, das Buch entfällt ihm. Der Kopf sinkt zur Seite, die Brille rutscht auf die Nasenspitze. Er schläft ein.   EM kontrolliert seine Reflexe, ob er wirklich im Tiefschlaf ist. Nimmt ihm die Brille ab, greift nach dem gefallenen Buch.
Ein Brief rutscht heraus und fällt zu Boden. EM hebt ihn auf, liest den Absender: Erwin und Elsa Jankowski, z.Zt. Hotel Belvedere, CH – Lugano. EM zieht das Briefblatt aus dem Umschlag, überfliegt den Brief hastig, bis sie zu folgenden Zeilen kommt:

„… früher als erwartet … in 10-12 Tagen etwa werden wir bei Dir sein…"

EM macht ein wild entschlossenes, haßerfülltes Gesicht.
Dann inszeniert sie eine Art gewesener Kampfszene:

Sie zerreißt sich selbst die Bluse, bringt sich kleine und mittelgroße blutende Ritzer mit dem großen Messer auf die bloße Schulter bei, wirft Geschirr auf den Boden, zieht das Tischtuch halb herunter. Bringt B´s Kleidung auch entsprechend in Unordnung. Kontrolliert nochmals alles auf „Echtheit" und Wirkung, dann geht sie zum Telefon:

EM:	Bitte Herrn Dr. Keller... dringend... ja... Eva-Maria Burmeister hier ....

Wartet ungeduldig, blickt nervös umher

	Fred? ... Fred, bitte komm schnell... jetzt setzt es restlos aus ... wie bitte? ... großes Chaos ... SOS ... ja mit Sanka bitte. Im Moment hat er was im Tee getrunken, ... ja ... ist komplett weg im Moment ... ja ... muß fest angeschnallt werden.... Bitte, schnell , Fred, bitte mach schnell... daß er nicht doch noch aufwacht... schnell... schnell !

*Legt auf, macht sich im Spiegel die Haare ein bißchen wirrer, geht in die
Küche, riecht an einer Zwiebel, bis die Augen tränen. Sieht durch das
Küchenfenster den Sanka vorfahren. Geht zur Tür und macht auf. Dr.K.
und zwei Sanis steigen aus, kommen ins Bibliothekszimmer, schauen sich
um. Alles ohne Worte, auf Handzeichen. EM spielt die Aufgeregte, dann
wieder die Beschämte, der alles so peinlich ist. Dr.B. wird auf die Trage
gehoben, angeschnallt und in den Sanka transportiert.*

Dr.K.:	Beruhige dich doch, Eva. Wir haben ihn ja jetzt im Griff. Es kann nichts mehr passieren. Wir sehen uns morgen. Du nimmst eine halbe von den Nachttabletten und schläfst erst einmal voll durch... o.k.?

*EM nickt mit gesenktem Kopf. Dr.K. legt ihr kurz die Hand auf die Schulter,
dann geht er, steigt in den Sanka , Abfahrt.*

Szene 44

INT. Split - Telefonszene: auf der einen Seite telefoniert Dr.K. , auf der anderen EM

*Dr.K kommt in sein Arztzimmer der Klinik. Zündet sich
Zigarette an, schnauft durch, setzt sich ans Telefon. Man sieht ihm an, daß
er soeben reichlich Stress am Hals hatte und nun deswegen telefonieren
muß. Das verlangt von ihm künstliche Ruhe und Beherrschtheit. Er greift
zum Hörer: dann entstehen – nachdem EM den Hörer zu Hause abnimmt –
zwei Bilder: links Dr.K. – rechts EM in besorgter, fast weinerlicher Stimme
EMs Telefon klingelt, sie nimmt den Hörer ab, meldet sich*

EM:	Burmeister?

Dr.K.:	*beginnt sehr vorsichtig das Gespräch* Eva, grüß dich ... was machst du ?

EM:	Fred, hallo ... ja ... nun... nicht gerade den allerbesten Eindruck .... aber bitte, was gibt´s zu berichten vom Schwiegerpapa?

Dr.K.:	sieht nicht so rosig aus, Eva. Du mußt sehr stark sein…
EM:	was ist passiert?
Dr.K.:	wir kriegen ihn nicht in den Griff…. … bisher wenigstens noch nicht
EM:	wie meinst du das?
Dr.K.:	entweder die Sedativa wirken so, daß er nicht ansprechbar ist, oder er gerät so völlig außer Kontrolle, daß nichts anderes übrig bleibt, als ihn wiederum zu sedieren.
EM:	Was macht er denn, wenn er voll da ist?
Dr.K.:	Er glaubt , er sei im Gefängnis, weil er das Gitterfenster sieht. Er will einen Anwalt, tobt, schreit: das sei Freiheitsberaubung … er hätte nichts verbrochen …
EM:	erinnert er sich, was zu Hause vorgefallen war?
Dr.K.:	Offenbar nicht . Er verlangt nach dir. Du würdest das nicht zulassen, sondern ihn hier herausholen. Er echauffiert sich jedes Mal so enorm, daß die Herz-Kreislauf-Situation sich dramatisch zuspitzt … … und z.T. bedrohliche Werte erreicht.
EM:	ißt er denn die Klinik-Kost?
Dr.K.:	nein, er verweigert jegliche Nahrungsaufnahme, so daß wir ihn zwangsweise künstlich ernähren müssen. Wir müssen endlich zu sanfteren Übergängen finden, daß er endlich zugänglich wird für Gespräche.
EM:	eine ziemliche Belastung für das Personal. Jetzt kannst du dir vielleicht vorstellen, was sich hier abgespielt hat.
Dr.K.:	im Moment kann das Personal ihn nur zu zweit oder sogar nur zu dritt bändigen. Erstaunlich, welche physischen Kräfte er dabei entwickelt in seinem Alter. Aber konstant anschnallen will ich ihn auf keinen Fall. Er soll wenigstens einen Teil seiner Energie abreagieren können.
EM:	Mein Gott… wie soll das weitergehen, Fred?

Dr.K.:	**Frag mich lieber leichtere Fragen, Eva.** **Wie gesagt: ich versuche, eine Phase zu erreichen,** **wo er ruhig ist und** **trotzdem aufnahmefähig, so daß man mit ihm reden kann.**
EM:	*mit gespielter Besorgnis* **sei vorsichtig, Fred.** **Ich habe auch ein paar Mal seine** **Scheinruhe falsch eingeschätzt.**
Dr.K.:	**Vorerst kannst du ihn auf keinen Fall besuchen.** **Also… Eva… sei tapfer.** **Ich weiß, wie viel er dir bedeutet, wie wichtig er für** **Anettes Entwicklung immer war.** **Servus, Eva, bis demnächst… ich melde mich bei dir,** **wenn du nicht sowieso bald wieder kommst…** **es gibt doch immer zu tun für dich…**
EM:	**Ade, Fred, und… danke**

EM macht bösartig-schadenfroh-zufriedenes Gesicht

.

Szene 45

INT. Klinikgang und „Zelle" von Dr.B.

Aus einem Patientenzimmer dumpfes Trommeln gegen die Tür
(schallgedämpft) – dumpf schreiende Stimme von B.

Dr.B :	**ich will raus … laßt mich endlich frei**

Schreit er mehrfach und immer wieder heftig. Am Ende des Ganges
tauchen 2 Ärzte in weißen Kitteln auf, die den Gang herunter kommen.
Sie verständigen sich mit Kopfdeuten und Handzeichen, daß sie zu dem
schreienden Patienten gehen wollen. Als sie die Hälfte des Ganges
zurückgelegt haben, verstummen die Rufe. Beide Ärzte halten erstaunt
inne, lauschen, sehen sich an, machen fragende Gesichter und setzen im
Laufschritt den Weg bis zu Bs Zimmer fort. Ein Arzt schaut durch den
Spion:
B liegt röchelnd am Boden, halbsitzend, Rücken an der Wand zum
vergitterten Fenster. Am Hals weggerissenes Anstaltshemd, wirres Haar,
starrer Blick, atmet keuchend durch offenen Mund.
Ärzte schließen schnell die Tür auf. Einer von beiden betätigt auf dem
Gang eine Klingel mit SOS-Code. Der andere legt B flach, schiebt ihm ein
Kopfkissen unter den Kopf, fühlt den Puls und hört das Herz ab.
B bäumt sich nochmals kurz auf

Dr.B: Licht … Freiheit… Freiheit

Dann sinkt er bewußtlos in sich zusammen
2 Sanis kommen. B wird auf die Trage gebettet und eiligst auf die
Intensivstation gefahren.
Auf der Intensivstation: B hängt am Tropf, EKG, diverse übliche Geräte.
Ärzte und Schwestern arbeiten konzentriert, EKG-Kurve wird immer
unregelmäßiger, immer flacher. Das Team arbeitet fieberhaft. Kurve fällt
zusammen, sie versuchen eine Reanimation, erfolglos. Gesichter
verständigen sich schweigend. Decken Tuch über das Gesicht des Toten.

Szene 46

EXT. Friedhof

Es ist Spätherbst. Das Kirchenportal ist noch geschlossen, Totenglocken
läuten. Portal öffnet sich schließlich weit. Pfarrer, dann Bläserchor
kommen, man spielt einen Trauermarsch o.ä. (2.Satz Eroica Beethoven
z.B.) Sargträger kommen mit dem reich geschmückten Sarg.
Danach folgen EM mit Anette, Bruder Wastl mit seiner Frau Bärbl, Tante
Josepha mit ihrer Tochter Franziska, Dr.Keller, zahlreiche Persönlichkeiten
aus Funk und Presse, Künstler, Professoren – in deutlichem Gegensatz zu
den bäuerlichen Gesichtern aus EMs Gefolgschaft.
EM paßt eigentlich weder in die eine noch in die andere Gesellschaft und
nimmt sich wie ein Fremdkörper zwischen all den Menschen aus.
Die Trauergesellschaft schreitet den langen Weg zumvorbereiteten Grab.
Der Bläserchor formiert sich hinter der Grabstelle.
Pfarrer dreht sich zur Trauergesellschaft. Der Sarg wird unter den Klängen
der Musik auf Handzeichen des Pfarrers feierlich und langsam in die Grube
hinab gelassen. Dann wendet sich der Pfarrer an die Trauergemeinde.

Pfarrer: **Nachdem unserem lieben Heimgegangenen so viele**
                                wunderbare Worte der Liebe und Verehrung von seinen
                                Freunden zuteil worden sind, heute und hier, in
                                privatem Kreis wie auch in der Presse, halten wir hier nur eine
                                kurze stille Einkehr, bevor wir ihn zur letzten Ruhe in Gottes
                                gütige Hände empfehlen.

                                     Es folgt ein kurzes Schweigen

                                Erde zu Erde, Gott sei mit dir – Vater – Sohn und heiliger Geist
                                Und gebe dir ewigen Frieden

Der Pfarrer spricht die Segensworte, wirft 3 Häufchen Erde von der
hingehaltenen Schaufel des Totengräbers. Dann tritt die Trauergemeinde
nach und nach an: EM und Anette, die nach ihrem Einwurf von Erde und
Blumen seitwärts stehen bleiben und die Kondolenz jedes einzelnen
entgegen nehmen. Wer die Kondolenz hinter sich hat, verteilt sich
zwanglos in einigem Abstand. Manche tuscheln leise.
Als letzte taucht plötzlich aus größerem Abstand das eben ankommende
Ehepaar Jankowski auf und gehen auf EM zu mit Blumen in den Händen:
Es sind rote Gladiolen.

EM bekommt schreckensgeweitete Augen, einen irren Blick, Schweiß auf
der Stirn. Ihre gefalteten Hände verkrampfen sich, werden ganz weiß und
anämisch .
Plötzlich streckt sie die Arme nach vorn, alle 10 Finger widernatürlich
gespreizt, Schultern hochgezogen, Kopf eingezogen. Vor ihrem inneren
Auge verwandeln sich Jankowski und seine Frau in geisterhafte Figuren mit
bösen Gesichtern, ihre roten Gladiolen werden zu langen Ruten mit
Stacheln, die auf sie zukommen.
Die Stachelruten legen sich zu einem X übereinander
und kommen bedrohlich auf sie zu.

DAS DRITTE X

trifft sie selbst .EM schreit schrill und hysterisch:

EM: Nein, n e i n .... nicht ...

                                 geht zur Seite und rückwärts

                              ich habe ihn nicht umgebracht

                              … nein… nein… ich wollte doch…

EM macht einen Bogen, um sich hinter den Trauergästen zu verstecken,
rennt dann schnell den Weg zurück, schreit schrill, rennt quer durch die
Anlagen um die Gräber herum. Dr.Keller und ihr Bruder ihr nach. Sie sieht
sich um beim Rennen, läuft rückwärts gegen einen Baum, fällt hin.
Sie schluchzt, es schüttelt sie, sie zittert am ganzen Körper. Prof.
Jankowski ist jetzt auch an Ort und Stelle. EM sieht zu ihm nach oben, mit
schwacher Stimme:

                              Ich habe ihn um … habe ihn … habe ihn…

                                 deutlich, wenn auch sehr leise

                              habe ihn … habe sie … alle beide ……umgebracht …

EM kauert sich schluchzend auf den Waldboden, verbirgt ihr Gesicht und
fängt unglaublich zu zittern an.
Kamera zurück zu Anette, die zur Mutter hinlaufen will, nach einigen eiligen
Schritten aber von Elsa (mit der Hand um die Schulter) zurückgeholt wird
          Man sieht in der Ferne Dr.K, der EM auf den Armen in Richtung
Friedhofstor trägt. Anette und Elsa sowie die anderen Trauergäste
verfolgen die Wegfahrt aus der Ferne regungslos erschüttert.
Man hört das Anlassen eines Motors, das Tor schließt sich wie von Geisterhand,
verschwindet vollends in dem hohen Gesamtgitter. Dahinter taucht
schemenhaft das fahrende Auto auf, verschwindet wieder. Es taucht ein
hohes festungsähnliches Anstaltsgebäude auf, wird dichter,
währenddessen verkleinert sich das Gitter, wird identisch mit dem kleinen
Gitter vor einem Fenster hoch oben, verschwimmt, nimmt rötliche Färbung
an wie in der Abendsonne, geht in züngelnde Flammen über….

Szene 47

Die züngelnden Flammen gehen über in das **offene Kaminfeuer im Hause der Jankowskis**
4 Jahre später. Elsa und Erwin sitzen bei Nachmittagstee am Kamin. Es läutet an der Haustür.

Erwin: ich geh schon...

Elsa: wer könnte das jetzt sein?

Erwin öffnet die Tür. Dort steht eine attraktive junge Dame: Anette – etwas 4-5 Jahre älter

Erwin: **das glaub ich jetzt nicht... Anette ?**
                          ... Du?
                          .. .. Ist das wahr?

Anette: **ja... ich bin´s ... wirklich**

Erwin nimmt sie an der Hand und führt sie ins Kaminzimmer

Erwin: **Elsa, du kannst dir nicht denken, wer hier ist!**

                          Stell dir vor ...Anette ist hier...

Elsa: *springt freudig überrascht auf*

                          Anette, mein liebes... ja Kind kann man wohl nicht mehr sagen...

                          Umarmt sie herzlich

                          Was für eine tolle Überraschung !!!
                          Leg ab , setz dich... möchtest du---

                          Erwin nimmt ihren Mantel

Erwin: **laß sie doch erst einmal ankommen, Elsa**

Sie machen es sich zu Dritt am Kamin gemütlich, während Erwin für ein paar Snacks und dergleichen sorgt

Elsa: **Du mußt alles erzählen, Anette ,**
                          denn seit damals haben wir nichts mehr von dir gehört

Anette: **alles... ? wirklich?**
                          Das ist aber eine lange...

Erwin: **alles, Anette, alles.**
                          Wir haben viel an dich gedacht.

                          Ja... sogar die Polizei war hier, um zu gucken,
                          ob wir dich vielleicht bei uns versteckt haben

Anette fängt an zu erzählen. Währenddessen laufen schemenhaft im Hintergrund die entsprechenden Szenen ab

Anette:
ja damals.. ihr wißt ja wie das war...
da stand ich nun mit meinen 14 Jahren...

ich hatte aber mit Großpapa ein Komplott geschmiedet ...
ohne das Wissen meiner Mutter ...

Er hatte mich ja schon in Basel auf einem renommierten Internat angemeldet ...
und auch in weiser Voraussicht die Zahlungen auf Jahre geregelt
... falls er mal die Augen zumacht, wie er sagte.

Es sollte keiner dazwischenfunken und den Geldhahn abdrehen können.
Meine Mutter nämlich wäre strikt dagegen gewesen ...
... die wollte mich nicht hergeben...

Ich war sehr gern dort, habe mich wohl gefühlt,
hatte hervorragende Lehrer, gute Noten, gute Freunde...
Alles schien bestens für mich zu laufen.

Doch dann donnerte Toni Berger wie ein schweres unheilvolles Gewitter in mein Leben:
er setzte alles daran, sich als mein Vater bestätigen zu lassen.

Als der Dickkopf sein Ziel mit Zähigkeit und Hartnäckigkeit endlich erreicht hatte,
„befreite" mich dieser Sturkopf „aus meinem bedauernswerten Zustand als Heiminsassin" , wie er es nannte.

Ich habe mich mit Händen und Füßen gewehrt,
ihn unter Tränen angefleht, auf Knien beschworen,
in Basel im Internat bleiben zu dürfen, dort mein Abi zu machen,
an die Uni zu gehen ...

Ich wollte doch Literatur, Philosophie und Journalistik studieren,
in die Fußstapfen meines geliebten Opas treten...
der nun so plötzlich ... wenigstens auf dem Papier ... gar nicht mehr mein Opa war.

Vergeblich! Er ließ sich nicht erweichen...
Ich mußte zu ihm in dieses Kuh-Kaff übersiedeln.
Auf dem Dorf dort mochte mich keiner: die Lehrer nicht, die Mitschüler nicht, die Nachbarn und Freunde meines innig gehaßten Vaters nicht .
Die Großkopferte ... die mit ihrem Hochdeutsch... die arrogante Kuh ...die Saupreissin haben sie mich genannt.

Meine Schulleistungen sackten in den Keller – kein Wunder bei soviel Gegenwind und Antipathie aus meiner Umwelt.

Ich hab dann mit 16 ungefähr den amerikanischen Studenten Denis kennengelernt.
Wir haben uns sofort bis über beide Ohren ineinander verliebt.

Er konnte seine Schwester dazu überreden, mir ihren Paß
vorübergehend zu leihen...
Und so sind wir Zwei in die Staaten abgehauen.
Das mit dem Versteckspiel in Kalifornien ...
...das war nicht so schwierig für die kommenden 2 Jahre.

Denis´ Eltern brachten viel Verständnis auf für meine Situation
und schlossen mich in ihr Herz wie eine eigene Tochter.

Elsa:	was wurde aus dem Vermögen deines Großvaters? Dem Grundstück ... seinen Konten? usw ?
Anette:	tschja... nachdem ich ja nun nicht mehr verwandt mit ihm war... hatte ich auch keinerlei Anrechte ... Auch den Verlust der Erbschaft habe ich meinem „großartigen" biologischen Vater zu verdanken. Da meldeten sich plötzlich ganz entfernte Verwandte aus Australien ... die haben sich das alles unter den Nagel gerissen ... Großpapa hat nie von denen erzählt... ich denke , er hat von deren Existenz überhaupt nichts gewußt...
Erwin:	Du bist doch jetzt volljährig ?
Anette:	ja ... sonst säße ich nicht hier... freilich... Ich habe mir bereits einen Paß besorgt. Opas Notar hat mir einen Schlüssel zu einem Bankschließfach ausgehändigt, das auf meinen Namen lautet. Ich war noch nicht dort, aber Großpapa hat da sicher eine Überraschung für sein Herzele hineingelegt. Er sprach ja immer davon, daß für mich gesorgt sei.
Elsa:	Bleibst du in Deutschland?
Anette:	nein .. Denis wartet ja auf mich... und was soll ich denn hier noch? Meine Mutter ist vor einem Jahr gestorben... ... ich konnte nicht einmal zu ihrer Beerdigung kommen, sonst hätten sie mich gleich wieder geschnappt ... ... na und meinen Vater... den möchte ich bis an mein Lebensende nicht wiedersehen... bestimmt nicht... ....er hat einfach zuviel zerstörst in seiner Dummheit und seiner egoistischen Sturheit. Denis´ Familie ist jetzt meine Familie geworden ... und Denis und ich ... das hat eine Zukunft, so wie ich das sehe. Wir haben viel gemeinsam, wir interessieren uns für die gleichen Fächer... er studiert schon seit 2 Jahren und ich fange jetzt mit dem Studium an.

Erwin stellt Gläser auf den Tisch, öffnet eine Flasche Champagner und schenkt ein

Erwin:	auf deine Zukunft , Anette
Anette:	danke..
Elsa:	auf dich und Denis ... wir wünschen euch alles Glück dieser Welt..

E N D E

ALEXA ROSTOSKA

DER WERFE
DEN ERSTEN STEIN

DIE LEBENSGESCHICHTE EINES PATERS

DREHBUCH

für einen

SPIEL — *oder* TV — FILM

NO TOCAR